Amor en Florencia

Helen Bianchin

Editado por HARLEQUIN IBÉRICA, S.A.
Núñez de Balboa, 56
28001 Madrid

AMOR EN FLORENCIA, N.º 1956 - 28.10.09
Título original: The Italian's Ruthless Marriage Command
Publicada originalmente por Mills & Boon®, Ltd., Londres.

I.S.B.N.: 978-84-671-6950-8
Depósito legal: B-32190-2009
Editor responsable: Luis Pugni
Preimpresión y fotomecánica: M.T. Color & Diseño, S.L.
C/. Colquide, 6 portal 2 - 3º H. 28230 Las Rozas (Madrid)
Impresión y encuadernación: LITOGRAFÍA ROSÉS, S.A.
C/. Energía, 11. 08850 Gavá (Barcelona)
Fecha impresion para Argentina: 26.4.10
Distribuidor exclusivo para España: LOGISTA
Distribuidor para México: CODIPLYRSA
Distribuidores para Argentina: interior, BERTRAN, S.A.C. Vélez Sársfield, 1950. Cap. Fed./ Buenos Aires y Gran Buenos Aires, VACCARO SÁNCHEZ y Cía, S.A.
Distribuidor para Chile: DISTRIBUIDORA ALFA, S.A.

Capítulo 1

TENGO que ir a la guardería?

Taylor abrazó al pequeño de pelo oscuro con cariño y sintió sus bracitos alrededor del cuello. Aquel gesto hizo que se prometiera a sí misma protegerlo a toda costa.

A la edad de tres años y medio, el mundo de su sobrino había estallado en pedazos al perder a sus padres en un accidente de coche.

Ben d'Alessandri había formado parte de su vida desde que su hermana Casey le había dicho que estaba embarazada. Juntas habían montado la habitación del bebé, habían elegido la pintura de las paredes y la ropita. Taylor había acompañado a su hermana durante el parto y había compartido con su marido, Leon, y con ella la llegada de su hijo al mundo.

Al haberse quedado huérfanas siendo adolescentes, las dos hermanas habían crecido muy unidas, apoyándose la una en la otra para todo. Casey había estudiado Derecho y Taylor había conseguido que le publicaran su primer libro un año antes de que naciera Ben.

–¿Por qué no puedo ir contigo a ver al tío Dante?

Al oír el nombre del hermano de Leon, Taylor sintió que el estómago le daba un vuelco.

–No te preocupes, lo vas a ver en breve –le aseguró.

–¿Prometido?

–Sí.

No había más remedio.

–¿Hoy?

–Creo que sí, pero no olvides que acaba de llegar de Italia, que está muy lejos, y que tiene una reunión de negocios.

–Contigo.

–Así es.

–Sobre mí.

–Por supuesto –se rió Taylor–. Tú eres la persona más importante del Universo, no lo olvides, y tu tía está dispuesta a vérselas con dragones si es preciso para protegerte –bromeó besando a su sobrino en el cuello.

–¿Y el tío Dante también?

Taylor se imaginó a Dante ataviado cual héroe de cuentos infantiles. No resultaba difícil, pues se trataba de un hombre increíblemente fuerte, alto y ancho de espaldas. Claro que lo que más le había llamado la atención a ella cuando lo había conocido en la pedida de mano de su hermana habían sido sus ojos oscuros, de lo más peligrosos.

En cuanto lo había visto, Taylor había sentido una gran atracción que había hecho que se quedara en blanco, sin poder articular palabra. Aquel hombre le hacía pensar en lo prohibido. Seguro que le resultaría de lo más fácil encandilar a cualquier mujer.

A ella incluida.

Por eso, precisamente, Taylor se había guardado de él durante toda la velada y estaba segura de que el beso que le había robado cuando se habían despedido no había sido un accidente.

–¿El tío Dante también? –insistió Ben sacándola de sus recuerdos.

–Sí, el tío Dante mataría con su espalda a todos los monstruos.

–¿Tiene una espada de verdad? –le preguntó el pequeño con los ojos como platos.

–No –contestó Taylor poniéndose en pie con el niño en brazos–. Bueno, hay que ir a la guardería a jugar con tus amigos. Te lo vas a pasar fenomenal, ya lo verás.

Taylor se colgó el bolso del hombro y salieron del pequeño apartamento de dos habitaciones, bajaron en ascensor al garaje, donde le esperaba su Lexus y se dirigieron a la guardería. Aunque el pequeño estuvo pensativo durante todo el trayecto, en cuanto vio a dos amigos suyos a la entrada de la guardería, corrió hacia ellos y sonrió.

A Taylor le daba mucha pena dejarlo en la guardería, pero era necesario que siguiera con su rutina después de la trágica pérdida de sus padres.

Taylor había hecho todo lo que había podido para acompañarlo y hacerle sentir toda la seguridad que había podido durante las semanas que habían seguido a la pérdida. Lo había abrazado y lo había dejado llorar durante horas.

Mientras conducía por la ciudad, pensó que lo último que se le había pasado por la cabeza cuando su hermana y su marido les habían pedido a Dante y a ella que fueran los padrinos de Ben por si algún día les pasaba algo era que aquel momento fuera a llegar.

Taylor se preguntó cómo iban a hacer Dante y ella para mantener la custodia compartida del pequeño cuando cada uno vivía en una punta del mundo. Se había pasado varias noches pensando en una solución, pero no había hallado ninguna, lo que la tenía muy nerviosa.

Tenía la terrible sensación de que Dante la iba a presionar, pues Ben era el heredero de la familia. Pero Taylor estaba decidida a permanecer a su lado. ¡Si a Dante se le ocurría intentar quitarle a Ben, tendría que hacerlo por encima de su cadáver!

Dante d'Alessandri salió de su avión privado, les dio las gracias a la azafata y al piloto y abandonó la terminal en dirección al Mercedes negro que lo estaba esperando. Una vez allí, saludó al conductor y se metió en el asiento trasero, donde descansó la cabeza hacia atrás, sobre el cuero suave como la mantequilla.

A los pocos minutos, el Mercedes salía del aeropuerto de Sidney. Dante estaba cansado. Habían sido unas semanas terribles. Había tenido que lidiar con la muerte de su hermano y de su cuñada, acompañar a su madre, viuda, desde Florencia a Sidney para el entierro y, luego, volver a llevarla a Italia personalmente.

Los dos hermanos siempre habían estado muy unidos y, obedeciendo los deseos de su padre, se habían hecho cargo de las empresas d'Alessandri, quedándose Dante en las oficinas centrales de Italia y yéndose Leon a la de Sidney.

A partir de entonces, al no poder verse en persona, habían estado en contacto frecuentemente a través del teléfono y del correo electrónico.

Ahora Dante se veía de nuevo en Australia para hacerse cargo de los asuntos de Leon, sobre todo de la custodia de su hijo, que, gracias a Dios, no había ido en el coche con sus padres en el momento del accidente.

Dante había prometido cuidar de aquel niño si ocurría algo y lo iba a hacer. Tras el nacimiento del pequeño, había accedido junto con la hermana de Casey, Taylor, a ser tutor legal y padrino del pequeño.

Dante recordó a su cuñada, una mujer alta y delgada de pelo rubio oscuro a la que había conocido en la pedida de su hermano, con la que había acudido a la boda de Leon, con la que había vuelto a coincidir en el bautizo de Ben y a la que había consolado durante el entierro de sus respectivos hermanos.

Dante recordó cómo la había visto llorar durante el funeral. Al principio, había intentado controlarse, pero no había podido y había terminado dando rienda suelta a su dolor.

Taylor se había hecho cargo de Ben inmediatamente después del accidente, desde el primer momento, por lo que Dante le estaba inmensamente agradecido, pues él había tenido que estar junto a su madre.

Al llegar frente a un edificio muy alto, Dante se bajó del coche, entró en el vestíbulo y tomó el ascensor que lo llevó hasta el despacho de los abogados de Leon. Una vez allí, dio su nombre y apellido y una secretaria lo llevó hasta una sala de juntas, en la que unos cuantos abogados le dieron la bienvenida.

–Hola, Taylor –saludó a su cuñada, que se había puesto en pie para recibirlo.

A continuación, le estrechó la mano y le dio un beso en la mejilla. Taylor se estremeció y Dante se quedó un tanto perplejo.

Aunque era alta, llevaba botas de tacón, pantalones

negros ajustados y una chaqueta de punto azul marino con un cinturón ancho de cuero en las caderas.

Durante el tiempo que había estado en Florencia, había estado en contacto con ella a través del correo electrónico para ver qué tal estaba su sobrino. Dante estaba convencido de que Taylor y su hermana habían estado muy unidas... aunque no se parecían en nada.

Casey era una mujer alegre y extrovertida a la que le gustaba reírse y cuyo mundo giraba en torno a su marido y a su hijo mientras que Taylor se escondía del mundo detrás de una máscara de reserva y prudencia que Dante encontraba de lo más intrigante.

Había visto desaparecer aquella máscara cuando su hermana le había dado el sí quiero a Leon en su boda, el día que había accedido a ser madrina de su sobrino y, más recientemente, en el entierro de Casey y de Leon.

Era evidente que Taylor hacía todo lo que podía por esconder su vulnerabilidad y aquello lo atraía. Sería maravilloso poder conocer a una mujer así, poder ir quitando las capas que recubrían su corazón y descubrir qué había dentro.

–Hola, Dante –le dijo ella con educación.

Dante tuvo la desagradable sensación de que le estaba leyendo el pensamiento, pero era imposible. Como presidente ejecutivo del grupo de empresas d'Alessandri tenía fama de ser un negociador frío y distante, requisito indispensable para abrirse camino en el mundo del mercado inmobiliario internacional, en el que se movían millones de dólares al año.

Desde luego, no habría llegado a ser quien era y a tener la fortuna que poseía sin saber guardarse muy mucho y aprendiendo a utilizar bien ciertas estrategias.

El abogado le indicó una cómoda butaca y Dante se sentó.

–Como saben, estamos aquí para tratar el tema de la custodia del hijo de Leon y de Casey –comentó abriendo un sobre–. Supongo que habrán pensado en ello.

–Ben está muy bien viviendo conmigo –contestó Taylor tranquilamente–. Trabajo desde casa, así que no tengo que contratar a nadie para que lo cuide. Estoy segura de que mi hermana hubiera querido que estuviera conmigo.

–Yo creo que Ben tendría que venirse a vivir conmigo, a Italia, donde será educado para hacerse cargo algún día de la empresa que fundó mi padre –intervino Dante–. Es un heredero d'Alessandri, el primero de su generación. No me cabe la menor duda de que Leon habría querido que su hijo siguiera los pasos familiares.

Taylor sintió que el corazón se le caía a los pies.

–No me parece una buena opción –comentó con voz cargada de preocupación–. Ben todavía no ha asumido la pérdida de sus padres, necesita vivir en un entorno que conozca y seguir una rutina regular. Tener que enfrentarse a un país que no conoce, a gente nueva y a un idioma que no comprende sería terrible para él. Mi hermana nunca tuvo intención de que su hijo viviera fuera de Sidney.

–Supongo que mi hermano jamás pensó que él y su mujer iban a morir tan jóvenes, pero el destino les tenía otra cosa deparada.

Taylor lo miró. Aquel hombre era letal. Más le valía no tener problemas con él. Sin embargo, lo había visto en otras ocasiones de mucho mejor humor, lo había visto siendo cariñoso con Casey, riéndose con su hermano y mostrándole todo su cariño a Ben.

Había habido un tiempo en el que se había sentido muy cómoda en su compañía e incluso había llegado a preguntarse si podría haber algo más entre ellos. Tal vez, así habría sido si un año después del nacimiento de Ben Taylor no hubiera sufrido una agresión que la había dejado asustada tanto física como emocionalmente y por culpa de lo cual evitaba cualquier relación con los hombres, especialmente con hombres tan vitales como Dante.

–Tú viajas mucho –insistió–. ¿Cómo vas a hacer para arroparlo por las noches y leerle un cuento? No vas a poder estar a su lado para que te cuente sus sueños y sus miedos, para abrazarlo cuando esté triste y para reírte con él cuando esté contento –le reprochó.

–Se me ocurre que Ben podría vivir unos meses contigo y unos meses conmigo –propuso Dante.

–Eso no le daría ninguna estabilidad –objetó Taylor–. Es sólo un niño, no puedes estar llevándolo y trayéndolo de un sitio para otro cada pocos meses.

–En Italia, estaría con su abuela, que lo adora, y con una niñera muy cualificada –insistió Dante con calma y paciencia, dándose cuenta de que Taylor estaba cada vez más agitada–. Podrías venir a verlo cuando quisieras, yo te pagaría el billete de avión a Florencia y podrías alojarte en mi casa. Así, podrías ver con tus propios ojos que está bien y te quedarías tranquila. Por supuesto, existe la opción de mandarlo a un internado muy bueno.

–No –contestó Taylor rápidamente–. ¿Es que acaso no cuenta que haya tenido contacto con Ben desde que ha nacido y que lo quiera como si fuera mi propio hijo? –se lamentó.

Dante se echó hacia atrás en la butaca.

–Si tanto lo quieres, supongo que estarás dispuesta a hacer lo que sea necesario para que sea feliz.

–Por supuesto –contestó Taylor sin dudar.

–Dado que ninguno de nosotros está dispuesto a que el otro tenga la custodia completa del niño, ¿qué se te ocurre?

Taylor había pensado mucho sobre aquello y no se le había ocurrido nada.

–Decidamos lo que decidamos tiene que ser lo mejor para Ben.

–En eso, estamos de acuerdo –contestó Dante girándose hacia uno de los abogados–. En el testamento se dice que la custodia tiene que ser compartida, ¿verdad?

–Sí.

–Igual y compartida no quiere decir lo mismo en Derecho, ¿verdad?

–No exactamente –contestó el abogado frunciendo el ceño.

–En ese caso, podríamos decir que estamos interpretando literalmente algo que no tendría por qué interpretarse así.

–¿Qué quieres decir? ¿Adónde quieres ir a parar? –le preguntó Taylor poniéndose nerviosa.

–Hemos hablado de las posibilidades que se nos han ocurrido y no nos hemos puesto de acuerdo, así que propongo que compartamos la custodia de Ben en la misma casa. Así, el niño tendrá los mejores cuidados y nosotros dos seremos una constante en su vida –contestó mirándola fijamente.

–Eso es completamente ridículo –contestó Taylor–. Mi casa es muy pequeña.

Dante sonrió encantado.

–Resulta que tengo una casa vacía en la bahía Watson. Se trata de un edificio de dos plantas en el que hay siete dormitorios. Está dividida en dos alas y hay dos despachos individuales, gimnasio y piscina cubierta. También cuenta con un apartamento separado para el servicio. No creo que nos resultará muy difícil compartir casa. Así, podrías ocuparte de Ben cuando me tenga que ir de viaje, que es lo que tú quieres, estar siempre con él. Las cosas cambiarían muy poco.

«¿Tú crees?», se preguntó Taylor boquiabierta.

–Si compartimos casa, Ben seguiría viviendo en Sidney y a tu cuidado durante el sesenta por ciento del tiempo con todas las ventajas económicas que yo le puedo proporcionar.

–La propuesta del señor d'Alessandri es increíblemente generosa –comentó el abogado.

¿Por qué tenía la sensación Taylor de que aquel hombre la estaba manipulando?

–Me lo tengo que pensar –comentó.

Dicho aquello, dio las gracias al abogado, se puso en pie y se dirigió hacia la puerta. Dante la siguió y la acompañó hasta el ascensor.

–Me gustaría ver a mi sobrino cuanto antes –le dijo.

–Está en la guardería –contestó Taylor.

–Y supongo que tendrás que ir a recogerlo a alguna hora.

–A las tres –contestó Taylor mientras se abrían las puertas del ascensor.

Cuando se vio en aquel pequeño cubículo en compañía de aquel hombre, sintió que la calma que había conseguido fingir hasta entonces la abandonaba por completo. Nunca se había sentido intimidada en presencia de Leon, pero con Dante era muy diferente.

Aquel hombre exudaba sensualidad.

Taylor se recordó que tenía muchos motivos para desconfiar de los hombres y sintió un escalofrío por la espalda.

–¿Has comido? –le preguntó Dante.

–¿Por qué me lo preguntas? –contestó Taylor sorprendida.

–Se me ocurre que sería una buena manera de hablar sobre ciertas cosas que tienen que ver con el bienestar de Ben.

–No sé si hacer eso mientras comemos me parece buena idea.

–¿Prefieres que lo hagamos en tu casa?

No, por supuesto que no.

–Hay unas cuantas cafeterías por aquí –contestó Taylor–. Nos podemos tomar un sándwich y un café.

Sin embargo, Dante la llevó a un restaurante e ignoró sus protestas mientras el *maître* los acomodaba.

–No me gusta nada...

–¿No tenerlo todo controlado? –se burló Dante.

–Parece que a ti se te da muy bien, sin embargo –le espetó Taylor.

Mientras el *maître* abría una botella de vino, Taylor se dio cuenta de que estaba a punto de explotar, así que se puso en pie para irse, pero Dante la agarró de la muñeca.

–Por favor, siéntate –le pidió.

–Dame una buena razón.

–Ben.

Taylor recordó la carita de su sobrino, tan triste y solemne. Estaba dispuesta a hacer lo que fuera necesario para protegerlo, así que volvió a sentarse.

–No va a salir bien –comentó.

–¿La comida?

–Compartir la misma casa –contestó exasperada.

–Es la mejor opción para Ben.

Taylor no pudo contestar porque, en aquel momento, llegó el camarero para tomarles la comanda. No le había dado tiempo de mirar la carta, así que pidió una ensalada César.

–Empleas tácticas injustas –comentó una vez a solas.

–Si te hubiera propuesto compartir la casa desde el primer momento, me habrías dicho que no rotundamente.

–Efectivamente –contestó Taylor mirándolo a los ojos–. Pareces muy seguro de ti mismo. ¿Qué pasaría si me niego a compartir casa contigo? –lo desafió.

–Entonces, no me dejarías más opción que iniciar los trámites de adopción de Ben.

Capítulo 2

TAYLOR se quedó helada.

–No puedes hacer eso. Iría en contra del testamento de Leon y de Casey –le dijo con voz trémula.

–El abogado de Leon ha sido testigo de que te has negado a todas las soluciones que te he dado –le recordó Dante–. A menos que cambies de opinión, no me dejas más remedio que llevar este asunto a los tribunales.

Taylor prefirió mantener la boca cerrada. En aquellos momentos, lo único que quería era abofetear a aquel hombre, pero se tuvo que conformar con dirigirle una mirada asesina.

–Eso implicaría, por supuesto, mucho tiempo y mucho dinero –continuó Dante.

Taylor era propietaria de su casa y también tenía un coche. No tenía ninguna deuda y en el trabajo le iba muy bien, pero Dante d'Alessandri tenía mucho más dinero que ella.

–¿Quieres que Ben tenga que pasar por eso? –la presionó Dante–. ¿De qué nos serviría?

–A ti, evidentemente, te serviría para salirte con la tuya –contestó Taylor con amargura.

–Yo sólo quiero lo mejor para mi sobrino.

Taylor sabía que era cierto, pero la amenaza de adoptar a Ben la había sacado de sus casillas. En aquel momento, llegó el camarero y les sirvió la comida. Taylor ya no tenía apetito.

–No quiero compartir casa contigo –anunció.

Dante se quedó mirándola intensamente.

–¿A tu novio no le haría gracia?

–No tengo novio –contestó Taylor–. ¿Y tú? ¿A tu novia de turno no le molestaría que vivieras conmigo?

–No.

¿Simplemente no?

–Come –le indicó Dante dando buena cuenta de su plato.

La ensalada tenía una pinta deliciosa, pero Taylor tuvo que hacer un verdadero esfuerzo para comérsela, no quiso pedir postre y prefirió un café solo con azúcar, exactamente igual que Dante. Cuando llegó la hora de pagar, abrió el bolso para abonar su parte, pero Dante se negó.

–Tenemos tiempo de sobra para que te enseñe la casa antes de tener que ir a buscar a Ben –comentó.

–No...

–Tenemos una hora y media –insistió Dante mientras salían del restaurante.

Tras hacer una breve llamada desde el móvil, un Mercedes negro pasó a buscarlos. Dante le abrió la puerta, esperó a que Taylor accediera al asiento trasero, rodeó el coche y se sentó a su lado. Una vez allí, le presentó a su conductor, Gianni, con amabilidad, lo que sorprendió sobremanera a Taylor.

Cuando llegaron a la casa en cuestión, desde la que había unas vistas del puerto impresionantes, Taylor pensó que aquello no era una casa sino una mansión, una mansión rodeada por una verja de hierro a la que se accedía por un camino pavimentado que llevaba a través de un precioso jardín a la puerta principal, porticada y de madera.

La mansión en cuestión parecía una villa de la Toscana, con sus tejas árabes y sus paredes pintadas en color crema. Una vez dentro, Taylor se fijó en que los suelos eran de mármol color crema también y que los muebles eran de madera maciza.

Una mujer de mediana edad les dio la bienvenida y Dante se la presentó diciéndole que se llamaba Anna. Su marido, Claude, y ella eran los guardeses de la propiedad.

Tras la presentación, Dante procedió a enseñarle la casa. Mientras lo hacía, Taylor percibió su colonia y, aunque no intentó tocarla en ningún momento, lo tenía tan cerca que se sintió incómoda.

Taylor consiguió salir bien parada de la visita y hacer comentarios educados sobre las estancias, que eran amplias y espaciosas. Lo cierto era que la casa era maravillosa, tenía unos jardines estupendos y una piscina muy grande.

No había ningún motivo para no aceptar la propuesta de Dante e irse a vivir con él, pero poniendo ciertas condiciones.

–¿Algún comentario? –le preguntó Dante mientras bajaban las majestuosas escaleras tras haber visto la planta de arriba.

–Unos cuantos –contestó Taylor.

–Adelante.

Taylor se paró en un escalón y lo miró.

–Quiero que quede muy claro que la única razón por la que acepto tu propuesta es Ben.

–Tomo nota.

–Si me vengo a vivir contigo, es única y exclusivamente de manera formal –continuó Taylor.

Dante la miró y se dio cuenta de que, aunque Taylor lo miraba a los ojos desafiante, escondía algo.

–No tienes nada que temer, no te voy a hacer nada –contestó haciendo que Taylor se sonrojara y siguiera bajando las escaleras hasta el vestíbulo de entrada.

Dante consultó su reloj, llamó a Gianni y acompañó a Taylor hasta el Mercedes. No había mucho tráfico y no tardaron en llegar a la guardería.

–Voy contigo –anunció.

–A Ben le va a hacer mucha ilusión verte –contestó Taylor.

La presencia de Dante no pasó desapercibida, pues era mucho más alto, fuerte y guapo que los demás padres que esperaban la salida de sus hijos.

Al cabo de unos minutos, se abrió la puerta y una de las empleadas se colocó en la salida para asegurarse de que todos los niños eran recogidos. Taylor aprovechó para presentarle a Dante y para comentar que ya había mencionado en la guardería que era el otro tutor legal de Ben.

–Hay que cambiar la dirección –comentó Dante dándole la nueva a la mujer–. A partir de hoy mismo viviremos allí.

–¿No te parece un poco precipitado? –le preguntó Taylor una vez a solas.

–No me parece que haya ningún motivo para retrasar lo inevitable.

–Nos mudaremos mañana –contestó Taylor con firmeza–. Así, Ben tendrá tiempo de hacerse a la idea.

Minutos después, apareció Ben, que se despidió de su cuidadora con un afectuoso abrazo. Al ver a Dante, sonrió y levantó los brazos para que lo tomara, lo que su tío hizo encantado.

–Hola, Ben.

–Tío. Has venido. Taylor me había dicho que ibas a venir. ¿Te vas a quedar?

–Sí –contestó Dante mientras cruzaban el aparcamiento.

–Qué bien.

Al llegar al coche, Taylor vio cómo Gianni sacaba del maletero una silla especial para niños y la acoplaba en el asiento trasero. Desde luego, no se podía negar que Dante lo tenía todo pensado, pero estaba yendo demasiado deprisa y todo lo decidía él. Debía de estar acostumbrado a hacerlo, pero ella también tenía cosas que decir y derecho a opinar.

Taylor le dio instrucciones a Gianni para llegar a su casa y respiró aliviada al verse allí.

–Gracias por la comida –se despidió mientras salían del coche.

–¿Puede subir el tío a casa a ver mi bici nueva? –le preguntó Ben a su tía.

¿Cómo le iba a decir que no?

–Claro... si quiere –contestó Taylor.

Seguro que Dante se había dado cuenta de que no le hacía ninguna gracia.

Taylor vivía en una casa de dos plantas que habían convertido en cuatro apartamentos y ocupaba uno de los de arriba.

–¿Quieres un café? –le preguntó a Dante una vez dentro.

–Sí, gracias –contestó él–. Bueno, ¿qué? ¿Me enseñas tu bici? –le dijo a su sobrino.

El apartamento era relativamente espacioso y estaba bien decorado. Tenía dos dormitorios y dos baños y le resultó femenino, pero funcional. Ben lo condujo hasta una estancia en la que había una librería ocupando dos paredes y que parecía un despacho, pero en el que no había ni mesa ni ordenador.

Lo que había era juguetes por todas partes, una cama infantil en el medio y varios coches en el suelo. Sobre el cabecero, se veían unos cuantos dibujos infantiles y una fotografía enmarcada de Casey, Leon, Ben y Taylor.

Dante se fijó en ella, en lo sonriente y contenta que estaba, como si no tuviera ninguna preocupación en la vida.

–Ésta es mi bici –anunció Ben.

Dante se agachó y acarició el sillín y la pintura.

–Papá me la compró antes de... –comentó mordiéndose los labios–. Antes –concluyó.

Dante sintió la imperiosa necesidad de abrazar a Ben y asegurarle que todo iba a ir bien, pero se contentó con ponerle la mano en el hombro.

–Un día de éstos, podríamos ir al parque para que vea lo bien que montas –le dijo.

–¿Y puede venir también Taylor? –le preguntó el pequeño.

–Claro que sí.

–¿Te vas a quedar a vivir con nosotros? –sonrió el niño.

–¿Te gustaría?

–Te puedes quedar en mi cama.

Aquel ofrecimiento sincero y abierto hizo que Dante sintiera algo muy profundo. Aquel niño era el hijo de Leon, su ahijado, un niño que necesitaba seguridad y amor.

–Muchas gracias –le dijo–. Vamos a comentárselo a Taylor –añadió pensando que era la oportunidad perfecta para decirle que se cambiaban de casa.

Así lo hicieron y Dante se maravilló de lo sencilla y claramente que Taylor le explicó la situación al pequeño.

–¿Y seguiré yendo a la misma guardería? –quiso saber Ben.

–Sí –le aseguró Dante.

–¿Y Sooty se puede venir también? –preguntó el pequeño.

Dante miró a Taylor y enarcó una ceja.

–Sooty es su gata –le explicó ella.

–Claro que sí.

Taylor había servido el café de manera informal en la mesa del comedor en la que Ben estaba merendando un vaso de leche con galletas.

Estaba incómoda por la presencia de Dante y quería que se fuera cuanto antes, pero él no parecía tener prisa por hacerlo.

–Bueno, me tengo que ir –anunció mirando el reloj como si le hubiera leído el pensamiento–. Te veo mañana –se despidió de Ben.

–¿Y a Taylor? –le preguntó el niño.

–Sí, a Taylor también –sonrió Dante.

Taylor lo acompañó hasta la puerta y se quedó mirándolo mientras se iba. A continuación, bañó a Ben, lo acostó, le leyó un cuento y contestó a sus preguntas y dudas lo mejor que pudo, asegurándole que todo iba a salir bien.

Una vez a solas, se dio cuenta de que ella también tenía preguntas y dudas y de que no tenía a nadie que la tranquilizara diciéndole que todo iba a salir bien.

Iba a vivir en la misma casa que un hombre muy especial y, aunque la casa en cuestión era grande, inevitablemente iban a compartir mucho.

«Ya me puedo ir acostumbrando», se dijo.

Quizás no fuera para tanto.

Una casa grande, dos alas separadas, Dante viajando sin parar...

¡A lo mejor no se veían mucho!

Capítulo 3

RECOGER las cosas de Ben y las suyas fue bastante más que simplemente meter unas cuantas cajas en un coche ya que Taylor necesitaba sus libros de referencia y de investigación para el trabajo que estaba haciendo en aquellos momentos, su ordenador, impresora, fax, varios cuadernos y discos.

Por supuesto, también había objetos personales. Sin ir más lejos, la ropa de los dos. Menos mal que Dante le había indicado a su conductor que llevara el 4x4 porque tuvieron que hacer tres viajes. Por fin, Taylor cerró su casa y siguió a Claude en su Lexus.

Mientras entraba en la mansión de Dante, se dijo que ya era demasiado tarde para arrepentirse y que tenía que aceptar que aquella casa iba a ser su hogar a partir de aquel momento.

La casa no la había impresionado, pero su propietario, sí. Le costaba admitírselo a sí misma, pero no podía evitarlo. Por enésima vez se preguntó si estaría loca y por enésima vez se dijo que compartir casa con Dante era lo mejor para Ben.

Y su hermana habría elegido lo que fuera mejor para Ben.

Taylor le dio las gracias a Claude con una sincera sonrisa. Una vez en el piso de arriba, comprobó que

Anna, gracias a Dios, había ido colocando las cajas en las habitaciones.

La mujer ayudó a Taylor a colocar todas las cosas de Ben, que se entretuvo tirando los juguetes por el suelo y, a continuación, organizaron el despacho de Taylor. Sólo quedaba su suite, y Taylor le aseguró que ya lo hacía ella.

Al final, estuvo la mayor parte del día sacando cosas de las cajas y colocándolas en su nuevo lugar, pero tuvo tiempo de ducharse y cambiarse de ropa antes de bajar a dar de cenar a Ben.

«Por favor, que estemos nosotros dos solos», suplicó en silencio mientras bajaban las escaleras y se dirigían al comedor.

La idea de tener que cenar con Dante y de tener que hablar con él, se le hacía insoportable, pero, desgraciadamente, cuando entraron en el comedor, se encontraron con que Dante ya estaba allí.

Se había quitado el traje y la corbata y se había arremangado la camisa hasta mitad del brazo y les dio la bienvenida con una sonrisa felina.

–Veo que ya os habéis instalado –comentó.

–Hemos sacado todos mis juguetes de las cajas y la habitación de Taylor está muy cerca de la mía. Hemos instalado a Sooty en mi baño –le explicó Ben.

Taylor se quedó mirando a Dante mientras éste tomaba a Ben en brazos.

–Por las noches, duerme conmigo –añadió el niño–. Taylor le deja que duerma en mi cama.

«Por favor, déjale tú también», le rogó Taylor en silencio.

–Hace muchos años yo también tenía un gato y

también dormía en mi cama –contestó Dante haciendo que a Ben se le pusieran los ojos como platos.

–¿De verdad? ¿Y de qué color era tu gato? Sooty es negra con una mancha blanca en el hocico.

–Baci era una persa blanca.

–Baci quiere decir «besos» –comentó Ben haciendo sonreír a Dante.

–Así es.

Había sido un comentario de lo más inocente y Taylor no comprendía por qué se había estremecido de pies a cabeza. Posiblemente, porque estaba cansada y en territorio desconocido, pero tampoco acababa de entenderlo porque no tenía nada que temer de aquel hombre.

Lo que necesitaba era dormir bien aquella noche y un día o dos para aceptar su nueva realidad.

En aquel momento, llegó Anna con una bandeja en la que se veía una sopera, una fuente de arroz y otra de verduras variadas.

Taylor se sentó y sentó a Ben junto a ella mientras Dante se sentaba enfrente. Esperaba que Dante no se hubiera dado cuenta de que estaba nerviosa. Le resultó imposible relajarse durante toda la cena y comió de manera mecánica. En lugar de postre, tomó fruta y pidió te en vez de café.

Fue un gran alivio cuando Ben le dio la excusa perfecta para escapar.

–¿Puedo ir arriba a ver qué tal está Sooty? No quiero que se sienta sola –preguntó el pequeño.

–Claro –contestó Taylor–. Voy contigo –añadió dándose cuenta de que Dante se sonreía con malicia.

–Yo también voy –dijo–. Así, me enseñas tus juguetes.

Ben no lo dudó un instante y durante la siguiente hora tío y sobrino estuvieron hablando de todo lo que tenía ruedas. Sobre todo, del Ferrari rojo, el preferido del niño. Ben siempre decía que de mayor quería tener uno. Y una moto, también.

Típico de los niños pequeños.

Cuando Taylor le dijo que había llegado el momento de meterse en la cama, no protestó.

–Taylor me lee un cuento todas las noches –declaró–. ¿Me lees tú uno, por favor, tío?

–Claro –contestó Dante.

Taylor rezó para que aquel hombre viajara mucho y no estuviera casi ninguna noche en casa. Sin embargo, a la mañana siguiente, seguía allí y desayunó con ellos.

Y cenó con ellos durante los siguientes días, así que leerle un cuento a Ben todas las noches se convirtió en un hábito, y el viernes por la noche sorprendió a su sobrino diciéndole que aquel fin de semana iban a ir a un criadero para comprar un cachorro.

–Tienen un montón de cachorros –les dijo a ambos enseñándoles un folleto.

Taylor vio que a Ben se le iluminaban los ojos.

–¿De verdad voy a poder elegir el que yo quiera?

–Pues claro.

–¡Eres el mejor! ¡Gracias! –exclamó el pequeño abrazando a Dante.

Dante lo abrazó también y le dio un beso en la frente.

–Bueno, a dormir, que mañana va a ser un gran día –se despidió.

Taylor lo arropó y ambos salieron de la habitación.

–Ha sido un bonito detalle por tu parte –comentó

Taylor–. Leon le había prometido un cachorro por su cumpleaños.

–¿Crees que estoy intentando comprar el cariño de Ben? –le espetó Dante mientras bajaban las escaleras.

Taylor lo miró sorprendida.

–Un cachorro es un regalo perfecto, pero mi hermana no quería que Ben creciera creyendo que podía tenerlo todo.

Dante le indicó que fueran hacia la biblioteca y, una vez allí, le señaló una cómoda butaca de cuero.

–El lunes me tengo que ir a Nueva York y estaré fuera unos cuantos días –le dijo–. Si hay cualquier cosa, me llamas al móvil.

–No creo que sea necesario.

Dante tampoco lo creía porque aquella mujer era eficiente, capaz y estaba constantemente pendiente del niño.

–Bueno, podrías llamarme para ver qué tal estoy –sonrió con malicia.

–No me gustaría molestarte.

¿Sabría Taylor que se había dado cuenta de que siempre que estaba con él se le aceleraba el pulso? Dante tenía muy claro que aquella mujer era todo fachada y se preguntaba qué habría realmente debajo. No le había dado ningún motivo para que se mostrara tan cautelosa con él, pero se notaba que no estaba cómoda en su presencia y Dante estaba de lo más intrigado por averiguar por qué.

Todo a su debido tiempo.

–Voy a instalar un ordenador con cámara para que Ben pueda tener contacto visual conmigo todos los días –declaró.

De repente, sintió el deseo de acabar con tanta compostura, de hacer que a Taylor se le dilataran las pupilas y de acelerarle todavía más el pulso.

Aquella mujer lo tenía muy intrigado. Por fuera parecía pragmática y resuelta, pero no mostraba a nadie lo que guardaba en su interior.

–Bueno, me voy a ir a la cama –comentó Taylor poniéndose en pie–. Muchas gracias.

–¿Por qué me das las gracias?

–Por hacer que a Ben le sea fácil acostumbrarse a vivir aquí.

–¿Y a ti te está resultando fácil, Taylor?

«No».

Era evidente que Dante lo sabía porque le leía el pensamiento y parecía saber en todo momento cómo estaba reaccionando.

–Supongo que me acostumbraré –contestó saliendo de la biblioteca.

Elegir cachorro resultó una aventura fascinante.

Ben se decantó por una hembra de lhasa apso a la que bautizó con el nombre de Rosie y a la que colmó de cariño desde el primer instante.

Gracias al viaje de Dante a Nueva York, Taylor pudo disfrutar de cierta tranquilidad... aunque todos los días a una hora precisa se conectaban para que Ben pudiera hablar y ver a su tío.

En aquellas ocasiones, Taylor tenía mucho cuidado de no intervenir demasiado. Se limitaba a saludarlo con educación y a darle las buenas noches antes de desconectar la cámara. Por cómo sonreía burlón y por cómo la miraba, Taylor comprendió que Dante sabía perfectamente que lo estaba haciendo adrede.

–Mi amiga Tamryn cumple cuatro años y me ha invitado a su fiesta de cumpleaños el domingo –le contó Ben a su tío–. La tía Taylor me va a llevar, pero me gustaría que tú también estuvieras, tío.

–Lo voy a intentar. Ya me dará tu tía los detalles mañana por la noche –contestó Dante.

–Qué bien –exclamó el pequeño.

El domingo llegó con sol y buena temperatura. Ben estaba de muy buen humor y algo nervioso ante la fiesta.

–Van a ir todos mis amigos de la guardería –le dijo a Taylor.

–Te lo vas a pasar fenomenal.

–Tamryn me ha dicho que va a haber payasos y una casa de plástico para jugar y muchos juguetes –continuó Ben nervioso–. ¿Nos vamos ya?

–Venga, vamos –contestó Taylor tomando el regalo–. ¿Nos despedimos de Anna y de Claude?

–Claro –sonrió Ben.

En la invitación ponía que la fiesta comenzaba a las dos y a esa hora estaban Taylor y Ben entrando en la preciosa casa de Woollahra donde iba a tener lugar la celebración.

–Ahí está Tamryn –le dijo Ben a Taylor apretándole la mano mientras iban hacia un grupo de niños y adultos–. Te vas a quedar, ¿verdad?

–Pues claro que sí, no me perdería esto por nada del mundo –contestó Taylor.

Y la fiesta resultó realmente divertida. Unos treinta y tantos niños se lo pasaron en grande jugando hasta que llegó la hora de la merienda y de la tarta. Fue un gran momento ver a todos los pequeños observar atentamente aquellas cuatro velas encendidas ceremoniosamente.

De repente, Taylor sintió una alarma y, al volverse, vio a un hombre alto y fuerte ataviado con pantalones negros, camisa blanca abierta en el cuello y cazadora de cuero negro que iba hacia ella.

Dante.

No era la ropa lo que le atraía de él, sino él mismo, lo que, instintivamente, la llevaba a activar todas las barreras que tenía.

Era cuestión de supervivencia.

No debía permitir que aquel hombre la desequilibrara, se había prometido que no permitiría que ningún hombre volviera a desequilibrarla jamás.

¿Por qué, precisamente, ahora que llevaba una vida relativamente relajada aparecía aquel hombre en su vida?

Dante.

Aquel hombre le gustaba más de lo que quería admitir y había sido así desde que lo había conocido, pues se trataba de un hombre simpático y cariñoso.

Por lo que sabía, elegía a mujeres sofisticadas que sabían perfectamente de lo que iba el juego. Taylor no era dada a flirtear ni partidaria del sexo por el sexo. Posiblemente, porque jamás había conocido a nadie con quien olvidarse de sus creencias morales.

Además, Dante vivía en el extranjero y viajaba sin parar. Tener una relación con él estaba abocada al sufrimiento y ella no quería sufrir.

Aun así, había aparecido en su vida y no podía dejar de pensar en él.

–Hola, Taylor.

Taylor se giró y se encontró con su sonrisa.

–Hola –lo saludó.

Aquel hombre tenía algo muy potente y Taylor decidió que era poder y un innato sentido del control. Aquello mezclado con su sensualidad era explosivo.

Taylor había visto muchas veces cómo se acercaban a él las mujeres, atraídas como las abejas a la miel.

–A Ben le va hacer mucha ilusión verte aquí.

Dante había visto antes de acercarse que Taylor se lo estaba pasando muy bien, pero ahora, en lugar de reír como momentos antes, se limitaba a tratarlo con educación, y tuvo que hacer un gran esfuerzo para no acariciarle la mejilla y los labios.

De repente, percibió que Taylor se tensaba, como si le hubiera leído el pensamiento, y sonrió, pues era evidente que ambos sabían que había una atracción entre ellos.

–Le he prometido que vendría y aquí estoy –comentó–. Es un gusto verle pasándoselo así de bien –añadió mientras su sobrino le saludaba con la mano frenéticamente.

–Sí.

Ben corrió hacia ellos y, al llegar junto a su tío, abrió los brazos y Dante lo tomó entre los suyos.

–Nos van a dar un regalo a todos –le contó Ben encantado–. La fiesta todavía no se ha terminado. Nos vamos a quedar un rato más, ¿verdad?

–Claro que sí –contestó Dante.

Durante una hora más los padres charlaron y conversaron animadamente mientras los niños jugaban. les ofrecieron refrescos, café, té y canapés, y el sol se fue poniendo.

Dante apenas se apartó de Taylor en todo aquel tiempo. Estaban dando casi las siete de la tarde cuando se despidieron de Tamryn, les dieron las gracias a los padres de la niña por haberlos invitado y se fueron a casa.

Había sido un día tan movido que, nada más salir del baño, Ben anunció que sólo quería un vaso de leche y se quedó dormido en cuanto lo acostaron.

–Anna ha preparado la cena –le dijo Dante a Taylor tras salir de la habitación del pequeño.

–No tengo hambre –contestó Taylor.

–Pero si apenas has comido nada en la fiesta.

–Estoy bien –le aseguró Taylor–. Me voy a tomar un plátano con un café o algo. Tengo que hacer cosas en el ordenador.

–Le voy a decir a Anna que te lleve una bandeja.

–Puedo hacerlo yo perfectamente.

Dante se quedó mirándola a los ojos.

–Como quieras.

–Gracias.

A continuación, ignorando la curiosa tensión que se había formado entre ellos, Taylor bajó a la cocina para explicarle a Anna que no iba a cenar, se sirvió una taza de café, agarró un plátano y se despidió de Dante y del ama de llaves.

–No te quedes trabajando hasta demasiado tarde –le dijo Dante.

Taylor decidió ignorar el sarcasmo de sus palabras. Era evidente que Dante sabía perfectamente que lo estaba evitando.

En cualquier caso, se iba a quedar trabajando hasta que le diera la mano. Vivía en su casa, pero no iba a permitir que le dijera lo que tenía que hacer.

Una vez ante el ordenador, releyó lo que había escrito el día anterior y se dejó llevar por el guión y por los personajes, zambulléndose de lleno en el fascinante proceso creativo.

Cuando más escribía era por la noche, era cuando mejor se concentraba. Cuando vivía sola, a veces, se quedaba toda la noche escribiendo, pero ahora tenía que ocuparse de Ben.

Por no hablar de Dante, que le había hecho creer que iba a viajar mucho, pero que resultaba que estaba presente en su vida la mayor parte del tiempo.

¿Y por qué le molestaba tanto su presencia? Taylor intentó dilucidar una respuesta, pero se quedó dormida antes de conseguirlo.

Capítulo 4

DANTE tomó a Ben en brazos antes de irse al aeropuerto. Taylor los observó y, al oír cómo se reía el pequeño, sintió una punzada de envidia, pues se llevaban muy bien y se querían mucho.

Aquello le hizo acordarse de su hermana, a la que echaba mucho de menos y con la que siempre había mantenido contacto por teléfono, con la que siempre había compartido todo y cuya ausencia quería tapar haciéndose cargo de su hijo.

Taylor se aseguró que sería suficiente, que era todo lo que necesitaba. Le iba bien como escritora, lo que le permitía llevar una vida material satisfactoria y tener la mente ocupada.

Entonces, ¿por qué sentía un vacío inmenso y una necesidad de algo más?

Por ejemplo, de que un hombre la besara. Sí, necesitaba sentir los labios de un hombre, sus brazos alrededor del cuerpo, necesitaba cariño y confianza.

Necesitaba saber que estaba a salvo.

–¿Cuándo vas a volver? –le preguntó a Dante.

–Dentro de una semana más o menos –contestó él.

Taylor sonrió mientras Dante dejaba al pequeño en el suelo.

–Cuidaos –les dijo mientras iba hacia el Mercedes en el que lo estaba esperando Gianni.

–Ojalá el tío no tuviera que irse tan a menudo –comentó Ben una vez a solas con ella.

No tanto como a ella le gustaría.

–Es un hombre muy ocupado –le explicó Taylor dándole un beso en la nariz.

–Me ha prometido que me llamará esta noche antes de que nos acostemos.

Y Dante siempre cumplía sus promesas.

–Bueno, vamos a desayunar –le dijo Taylor tomándolo de la mano.

Después de desayunar, Taylor le ayudó a vestirse y lo llevó a la guardería. A continuación, volvió a casa y se encerró en su despacho hasta que llegó el momento de ir a buscarlo.

Era un buen plan y seguro que daría resultado. Lo único que tenía que conseguir era concentrarse por completo en el argumento de la novela que tenía entre manos en aquellos momentos.

Poder olvidarse de todo lo demás para zambullirse de lleno en el mundo ficticio de sus personajes requería un esfuerzo mental considerable, así que Taylor se preparó una buena taza de té y se dirigió a su despacho.

A mediodía, hizo un descanso, se preparó un sándwich de jamón y lechuga que acompañó con un vaso de zumo de manzana y salió a comer a la terraza.

El sol apenas calentaba y había una ligera brisa y un banco de nubes en el horizonte. Taylor se permitió sentir la sensación de libertad que le confería el saber que Dante no estaría allí durante varios días.

Lo cierto era que estaban compartiendo casa y también vida porque Dante no viajaba tanto como ella había creído. No sabía si de manera accidental o adrede, pero lo cierto era que Dante desayunaba con Ben y con ella casi todos los días y casi todas las noches llegaba pronto de trabajar, a tiempo para cenar con ellos. Por supuesto, estaba con Ben mientras lo bañaban y le leía un cuento antes de acostarlo.

Aunque tenía sus reservas para con él, lo cierto era que Dante estaba completamente entregado a su sobrino. Era evidente que lo quería de verdad y Ben estaba mejorando por momentos. Ya no estaba tan serio, se reía mucho más y las pesadillas que solían despertarlo por las noches habían desaparecido casi por completo.

Mudarse a casa de Dante había sido lo correcto... para Ben.

Taylor se sentía tensa y nerviosa, cautelosa e incómoda, incapaz de relajarse. No entendía muy bien qué le ocurría cuando estaba con Dante y se preguntaba si él se daría cuenta o si serían imaginaciones suyas. Fuera lo que fuese, era complicado y Taylor no necesitaba más complicaciones en la vida.

Todo aquello lo estaba haciendo por Ben, se había comprometido a ser su tutora legal y así debía ser.

Vivía en una casa grande y preciosa en la que disponía de un despacho espectacular, de una suite maravillosa, en la que había personal de servicio que se encargaban de la cocina y de la limpieza y, además, tenía libertad económica. ¿Qué más podía pedir?

Aun así, tenía la sensación de que le faltaba algo.

Taylor se acabó el zumo de manzana y llevó el vaso

y el plato a la cocina, sacó una botella de agua del frigorífico y volvió a su despacho hasta que llegó el momento de ir a recoger a Ben a la guardería.

Lo vio salir como un relámpago con un dibujo en una mano, la mochila en la otra y una gran sonrisa en los labios.

–¡Me han puesto una estrella de oro! –exclamó el pequeño.

–¿De verdad? –sonrió Taylor–. Qué bien.

–Sí, ha sido porque he hecho un dibujo con los dedos del tío Dante, de ti y de mí. Shelley dice que es muy bueno –le explicó Ben refiriéndose a su profesora.

–¿Me lo enseñas?

Ben desdobló el dibujo con mucho cuidado y le explicó quién era cada cual.

–La del pelo largo eres tú y el grande es Dante porque es muy alto y éste de aquí soy yo.

Taylor sintió que el corazón le daba un vuelco al ver a la pequeña figura que su sobrino había dibujado agarrando de la mano a los dos adultos que le flaqueaban.

–Es precioso –le dijo con lágrimas en los ojos.

–¿Por qué lloras? –le preguntó Ben.

–Porque te quiero mucho.

–Yo, también.

Taylor se limpió las lágrimas y llevó a Ben hasta el coche, lo sentó en su sillita, le puso el cinturón de seguridad y le dio un en beso la mejilla.

–¿Quieres que vayamos al parque? –le preguntó.

–¿Me has traído la bici? –se emocionó el pequeño.

–Sí, está en el maletero.

–Qué bien.

Ben merendó un plátano y estuvo montando en bicicleta más de una hora. Luego, se dirigieron a la zona infantil de los columpios, donde también jugó un rato al fútbol con otros niños.

Llegaron a casa sobre las cinco de la tarde y lo primero que hicieron fue colgar con gran ceremonia el dibujo sobre el cabecero de Ben.

A las seis cenaron y, un poco después, Ben se fue a bañar. A las siete y cuarto, como todos los días, encendieron el ordenador para que Ben pudiera hablar con su tío.

Nada más encender, el rostro de Dante invadió la pantalla. Estaba a muchos kilómetros de distancia pero era como si estuviera allí mismo, y Taylor se puso nerviosa. Intentando mantener la compostura, escuchó cómo Ben le contaba a Dante lo del dibujo y lo del parque.

Cuando Dante le preguntó qué tal estaba, sintió que el pulso se le aceleraba, pero consiguió sonreír y contestó educadamente que todo iba bien. Mientras Ben se lanzaba a hablar con él de nuevo, Taylor se preguntó cómo sería aquel hombre con la mujer que eligiera.

Posiblemente, apasionado y protector.

Un rato después, con Ben ya acostado y dormido, Taylor decidió seguir trabajando un rato más y se dejó llevar tanto por la novela que el sueño la sorprendió ante el ordenador pasada la medianoche.

Durante los siguientes días, siguió haciendo lo mismo, escribiendo una vez que Ben estaba acostado. Los días que el niño iba a la guardería, iba a buscarle y lo llevaba al parque. Ben estaba aprendiendo a nadar y un profesor particular iba a casa a enseñarle a nadar en la piscina. Taylor supervisaba la clase.

Tal y como solía hacer su hermana, le enseñó a su

sobrino el alfabeto y los números y leían un rato juntos antes de cenar. Después, se conectaban al ordenador para ver a Dante.

–¿Cuándo vas a volver? –le preguntó Ben a su tío unos días después de que se hubiera ido.

–Pronto. Dentro de dos días.

–Te echamos de menos, ¿verdad, Taylor?

A Taylor le habría encantado puntualizar que era Ben quien lo echaba de menos, pero que ella estaba muy bien sin su presencia.

–Claro –contestó sin embargo.

Dante sonrió divertido.

Un rato después, Taylor cerró el cuento que le había terminado de leer aquella noche al niño, le escuchó mientras rezaba la sencilla oración que su madre le había enseñado y lo besó en la mejilla.

–¿Tú crees que papá y mamá saben que el tío y tú me estáis cuidando? –le preguntó.

–Claro que sí –contestó Taylor.

–Si nos están viendo desde el cielo, ¿sabrán que estoy en casa de Dante?

–Sí –contestó Taylor sintiendo que los ojos se le llenaban de lágrimas.

–Te quiero, Taylor.

–Yo también te quiero –le aseguró ella.

A continuación, apagó la luz, comprobó que Ben estaba dormido y salió de la habitación.

La sencillez infantil propia de Ben le hacía recordar el pasado, cuando la vida era normal, antes de aquella terrible noche en la que se le había llenado el corazón de miedo.

Aun ahora, dos años después, todavía recordaba

aquella noche como si hubiera sido ayer y se estremecía cuando lo hacía. Todavía sentía los dedos de aquel hombre en su carne y le parecía paladear el miedo que se había apoderado de ella.

Taylor se preguntó si sería capaz algún día de soportar que un hombre la tocara e inmediatamente se encontró pensando en Dante. Lo cierto era que, cuando la había tocado, lo que había sentido había sido muy diferente a lo que había sentido dos años atrás.

Prefería no pensar en ello.

El trabajo era una panacea, una de las pocas distracciones que la ayudaban a mantener la cordura, así que Taylor se dirigió a su despacho, encendió el ordenador y se puso a trabajar.

Sus personajes la tenían tan concentrada que no se dio cuenta de la hora que era. Le dolían los ojos y los hombros, pero siguió trabajando. Lo único que la interrumpía de vez en cuando era la tos de Ben, que oía a través del dispositivo de seguridad.

De repente, percibió una presencia en la puerta y, al desviar la mirada de la pantalla, no pudo evitar gritar.

Había un hombre en la puerta.

Era Dante, que se acercó rápidamente a ella, fijándose en que se le habían dilatado las pupilas y en que había palidecido por completo.

Evidentemente, se había llevado un buen susto.

–¿Qué haces aquí? –lo acusó Taylor olvidando que era su casa–. Creía que no volvías hasta mañana.

–Es mañana –contestó Dante.

Lo tenía demasiado cerca y tuvo que hacer un auténtico esfuerzo para no levantarse de la silla y salir corriendo.

Taylor consultó el reloj. Era cierto que era muy tarde y la presencia de Dante hacía que el despacho se le antojara cada vez más pequeño, así que se apresuró a guardar el trabajo que había hecho y a apagar el ordenador.

A continuación, se puso en pie. Al hacerlo, se encontró demasiado cerca de él, así que apartó la mirada rápidamente.

–Me voy a la cama –anunció–. Buenas noches.

Al ver que Dante no se movía, dio un paso atrás. Dante le tomó el mentón entre los dedos pulgar e índice.

–¿Quién fue? –le preguntó.

–¿Cómo? –contestó Taylor.

–El hombre que te hizo daño.

Oh, no.

Taylor intentó zafarse de su mano y mover la cabeza, pero no lo consiguió.

–Por favor... no me hagas esto –le suplicó deseando irse cuanto antes.

Dante le pasó la yema del dedo pulgar por el labio inferior.

–No tienes nada que temer, Taylor. No te voy a hacer nada.

¿Cómo que no?

¿Cómo era posible que le diera tanto miedo que aquel hombre la acariciara y al mismo tiempo se muriera por que lo hiciera?

Aquello era de locos.

¿Por qué se sentía tan vulnerable? ¿Sería porque estaba cansada y había estado mucho tiempo trabajando o porque acababa de escribir una escena de amor?

Fuera lo que fuese, debía salir de allí cuanto antes.

–Por favor...

Dante se inclinó sobre ella y le rozó los labios, sintiendo la sorpresa de Taylor. A continuación, le mordisqueó el labio y se apartó.

Taylor estaba, realmente, sorprendida y Dante se dio cuenta de que intentaba mantener la compostura. La tentación de tomarla entre sus brazos y seguir besándola era muy fuerte y sabía que podía hacerlo, pero le parecía aprovecharse de ella, así que la soltó.

–Vete a la cama y descansa –le dijo.

Taylor no se podía mover, abrió la boca para hablar, pero no pudo articular palabra, así que se limitó a salir corriendo del despacho. Una vez a solas en su habitación, recuperó el ritmo respiratorio normal, se dejó caer sobre una butaca y escondió el rostro entre las manos.

Cuando consiguió reaccionar, las lágrimas le resbalaban a raudales por las mejillas. Transcurrido un buen rato, se puso en pie, se duchó, se puso un pijama de algodón y se metió bajo las sábanas.

A la mañana siguiente, todavía sentía el beso de Dante en la boca y llevó a Ben a la guardería en un estado de semiinconsciencia. Decidida a apartar aquellas sensaciones, nada más llegar a casa se metió su despacho a trabajar, pero no había hecho más que encender el ordenador cuando la llamaron al teléfono móvil.

–Hola, Sheyna, ¿qué tal estás? –contestó tras comprobar en la pantalla quién la llamaba.

–Bien, ¿y tú?

Sheyna y ella se habían hecho amigas en la guardería, habían ido juntas al colegio y seguían siendo amigas aunque eran completamente opuestas ya que Taylor era tranquila y estudiosa, y Sheyna, alegre y extrovertida.

–Bueno, he tenido una semana muy ocupada –contestó Taylor.

–¿Quedamos a tomar un café y me lo cuentas?

–De acuerdo. Dime dónde y allí estaré en una hora.

Diez minutos después, Taylor se estaba poniendo unos vaqueros, una camisa y unas botas. A continuación, se recogió el pelo y se pintó los labios para ir a ver a su amiga de toda la vida.

Sheyna la había citado en un café que se llamaba Darling Harbour y llegaron casi a la vez, se abrazaron, eligieron una mesa y pidieron café.

–¿Qué tal estás? –le preguntó su amiga–. Y no me des contestaciones protocolarias. Quiero la verdad.

–Voy a tardar un rato en explicarte.

–A lo mejor es más fácil empezar por Ben. ¿Qué tal está?

–Muy bien. Le hemos mantenido su vida normal y ahora tiene una perrita y una gatita.

–Un momento. ¿Habéis? ¿Tú y quién?

–Dante, el hermano de Leon. Tenemos la custodia compartida de Ben y nos hemos ido a vivir a una casa que él tiene en la bahía Watson.

–Ya, comprendo. ¿Y qué tal te va con él? ¿Qué hay entre vosotros? –le preguntó Sheyna siempre tan aguda.

–Nada.

–Taylor, te conozco desde hace tanto tiempo que no puedes engañarme. Estamos hablando de Dante d'Alessandri –le recordó.

–Es una casa muy grande –le explicó Taylor–, así

que él vive en una parte y Ben y yo en la otra. Además, viaja mucho.

–Supongo que la idea de compartir casa sería suya y tú habrás accedido por el bien de Ben. ¿Qué le llevaría a hacerte una propuesta así?

–Evidentemente, quiere que su sobrino crezca en un ambiente estable y lleno de amor.

–Ese hombre es famoso por ser un gran estratega. Es evidente que tiene un plan y, aunque tú no lo sepas, formas parte de él –insistió su amiga.

–Soy una especie de tía-madre para Ben, ya está. No te inventes cosas –contestó Taylor mientras le ponía azúcar al café.

–Ya veremos –sonrió Sheyna–. Si me he equivocado...

–¿Te comerás tus palabras?

–Haré una donación de quinientos dólares a la ONG que tú quieras.

–Muy bien, trato hecho –sonrió Taylor–. Bueno, ahora me toca mí. ¿Sigues con Rafe? –le preguntó a Sheyna, que cambiaba de novio regularmente.

–Nos vemos de vez en cuando. Cuando se porta bien.

Taylor sonrió.

–Es español, no puedes exigirle que se porte bien. Ya sabes que son muy rebeldes.

–Le he dicho muchas veces que me deje en paz, pero sigue llamándome.

–Interesante.

–No te pongas como mi madre.

–¿Por qué lo dices?

–Porque está convencida de que he encontrado a mi media naranja.

–¿Y tú qué opinas?

–Es demasiado... demasiado –contestó Sheyna.

–Pero lo sigues viendo.

–Así es.

–Entonces, estoy de acuerdo con tu madre –sonrió Taylor.

–¿Te apetece que nos demos un paseo cuando terminemos el café?

Y así lo hicieron, pasearon y charlaron e incluso entraron en alguna tienda hasta que Taylor tuvo que irse a buscar a Ben.

–Mándame un mensaje de texto o un correo electrónico de vez en cuando para que sepa que estás bien –se despidió Sheyna.

–Lo mismo te digo.

Capítulo 5

UNA SEMANA después, cuando habían acostado ya a Ben, Dante decidió que había llegado el momento de decirle algo importante a Taylor. Estaban en la cocina sirviéndose una taza de café con la intención de irse cada uno a su despacho a trabajar.

–Mi madre quiere que Ben vaya a pasar unas vacaciones con ella a la Toscana –comentó.

Taylor dio un respingo.

¿Se querían llevar a Ben a Italia?

–Me parece demasiado pronto –contestó–. Ben no conoce a tu madre de nada, no habla italiano y, además, está muy feliz aquí –añadió apartándose un mechón de pelo de la cara–. ¿Por qué no viene ella? Sería mejor.

–Le da mucho miedo volar –le explicó Dante–. Para venir al entierro de Leon la tuvieron que sedar y, por si no te acuerdas, tuve que acompañarla tanto a la ida como a la vuelta.

Taylor lo había olvidado, pero era un detalle muy importante.

–Pero tu madre vive en un piso en la ciudad, ¿no? Ben está acostumbrado a los espacios amplios.

–En Florencia hay muchos parques –contestó Dante algo molesto–. Además, pasaremos mucho tiempo en la finca.

¿Tenía una finca? Al instante, Taylor se imaginó hileras e hileras de viñas cargadas de uvas bajo el cielo azul despejado, jardines y una casa espaciosa llena de perros y gatos.

Definitivamente, Ben estaría en su salsa.

–Me parece justo que Ben conozca a su abuela y viceversa, ¿no crees? Te recuerdo que es el heredero de las empresas d'Alessandri y es importante que conozca Italia, que es de donde procede una parte de su familia.

–Pero si sólo tiene tres años –protestó Taylor.

–Casi cuatro –la corrigió Dante–. A mí a su edad mi padre me llevó al despacho y me presentó a todo el personal.

–¿Te permitieron alguna vez ser un niño pequeño? –se burló Taylor con cierto escepticismo.

–Claro que sí.

–Menos mal.

–Me gustaría que nos fuéramos dentro de unos días. Espero que tengas el pasaporte en regla.

–¿Cómo?

–Tú también vienes.

–¿Es una broma?

–¿Cómo nos vamos a ir sin ti?

Taylor objetó que tenía que entregar la novela en una fecha concreta.

–Pues te llevas el portátil y trabajas allí.

–Tienes respuesta para todo y estás acostumbrado a salirte siempre con la tuya –protestó Taylor–. Debe de ser que ninguna mujer te lleva nunca la contraria.

–No, la verdad es que no –sonrió Dante.

–En ese caso, me alegro de hacerlo yo.

Dante la miró de manera burlona.

–Supongo que te das cuenta de que, algún día, va a llegar un hombre que va a domar ese espíritu tan rebelde tuyo.

–No, eso no va suceder nunca –contestó Taylor perdiéndose pasillo adelante con su taza de café.

A la mañana siguiente, en el desayuno, Dante le contó a Ben el viaje que iban a realizar y Taylor se maravilló porque en unas cuantas frases consiguió convertir el viaje en toda una aventura asegurándole que, por supuesto, Anna y Claude cuidarían de Sooty y de Rosie mientras ellos estuvieran en Italia.

Lo que más le llamó la atención a Ben fue que iban a viajar en el avión privado de Dante. No había fecha establecida para la partida y Taylor le preguntó cuánto tiempo iban a estar fuera, qué tiempo hacía en Florencia y si tenía que llevar ropa para ocasiones sociales importantes.

–Supongo que estaremos en Italia tres o cuatro semanas. Allí hace, más o menos, el mismo tiempo que aquí, así que no te lleves mucha ropa. Si se te olvida algo o necesitas alguna cosa, ya lo compraremos en Florencia –contestó Dante.

Taylor puso los ojos en blanco.

El entusiasmo de Ben duró todo aquel día y el siguiente, mientras Taylor hacía las maletas y compraba unas cuantas cosas. Por supuesto, llenó una bolsa con lápices de colores, cuentos, una pizarra para dibujar y unos cuantos DVD para mantener al niño entretenido durante el vuelo, pero no se tendría que haber molestado porque, en cuanto puso un pie en el avión, Dante le presentó a la tripulación, le explicó unas cuantas cosas del instrumental de la cabina y le dejó quedarse allí mientras despegaban.

Fue un vuelo muy largo, y un rato después de que una de las azafatas les hubiera servido la cena, Ben se quedó dormido. Taylor se quedó viendo la película que estaban poniendo un rato y no se dio cuenta de cuándo se había quedado dormida, pero, de repente, abrió los ojos y vio que alguien había reclinado su asiento y le había puesto una manta por encima.

¿Habría sido Dante?

El aparato estaba en penumbra, pero Taylor divisó a Dante con los ojos fijos en la pantalla del ordenador y se volvió a dormir. Llegaron a Florencia, con la diferencia horaria, a última hora de la tarde. Allí los estaba esperando una limusina con conductor que los llevó a casa de la madre de Dante, que vivía en el ático de un palacio restaurado que, según le contó el propio Dante, era propiedad de las empresas d'Alessandri. Las dos plantas inferiores habían sido reformadas con extremo gusto y se alquilaban a turistas.

Un ascensor privado los condujo al ático, donde Graziella los recibió con afecto. Se trataba de una mujer atractiva de estatura media que acaba de cumplir setenta años, iba vestida de manera inmaculada y tenía los ojos preñados de amabilidad y de tristeza.

Taylor se dijo que no era la típica *mamma* italiana.

–Hay refrescos en el salón. Luego os enseñaré vuestras habitaciones, pero primero, Ben, ven aquí a sentarte conmigo y cuéntame qué tal el vuelo.

Aquellas palabras obraron magia en Ben, que se sentó y le describió a su abuela con detalle, educación y entusiasmo infantil cómo se lo había pasado en el avión. Taylor comenzó a relajarse y se tomó unos canapés de queso y un poco de fruta con un té.

Resultó que el piso estaba dividido en tres partes. Graziella ocupaba una de ellas, en el centro había un vestíbulo, un comedor, un salón y una cocina y un poco más allá había tres suites de invitados decoradas con un gusto exquisito.

Dante ocupó una y Taylor y Ben compartieron la otra, que constaba de dos dormitorios y un baño en el centro.

Les dio tiempo de ducharse y de cambiarse de ropa antes de la cena, en el transcurso de la cual Graziella informó a su hijo de que tenía que ir a una fiesta benéfica que patrocinaba el grupo d'Alessandri.

–Ya sé que no es el mejor momento, hijo mío, pero es importante que vayas en mi lugar. Yo he declinado la invitación por el luto familiar, pero Taylor y tú iréis en representación mía y Ben se quedará conmigo.

–No... –comenzó Taylor.

–Claro que iremos –intervino Ben.

–Había pensado en dar una cena antes de irnos a Montepulciano –continuó Graziella–. Podríamos invitar a mi hermano, su esposa y su hijo y a la hermana de tu padre y su hija. Lo digo para que Ben vaya conociendo a su familia italiana. ¿Qué te parece?

–Muy bien. ¿Sería mucho pedirte que no dejaras pasar demasiado tiempo? Me gustaría que nos fuéramos al campo cuanto antes –contestó Dante.

La cena familiar se le antojaba a Taylor una idea maravillosa, pero eso de tener que acompañar a Dante a un evento benéfico...

¡Tenían que hablar!

Pero Taylor no tuvo ocasión de estar a solas con Dante aquella noche para hacerlo y, al día siguiente, cuando se despertó, Dante se había ido a las oficinas d'Alessandri de Florencia, volvió tarde por la noche y, a la mañana siguiente, había vuelto a irse cuando Taylor bajó a desayunar con Ben y con Graziella.

Taylor tenía la sensación de que lo estaba haciendo adrede y estuvo tentada de llamarlo al teléfono móvil, pero no lo hizo. Aquella noche, tampoco pudo hablar con él porque era la cena familiar.

Graziella se había pasado casi todo el día preparándola. El menú constaba de lasaña, rollitos de carne de ternera empanada, menestra y un postre de ensueño. Taylor se ofreció a ayudarla y la madre de Dante aceptó encantada, así que charlaron y cocinaron mientras Ben veía una película.

–La familia es importante, ¿no te parece? –le preguntó la madre de Dante mientras colocaba otra capa de tomate y bechamel.

–Es el pegamento que todo lo une –contestó Taylor sencillamente.

–Supongo que, en tu caso, habiendo perdido tu hermana y tú a vuestros padres tan jóvenes, sabes lo que dices. Se nota que quieres mucho a Ben y el niño te adora.

–Es un niño maravilloso.

–Y tú has elegido dedicarle tu vida, lo que dice mucho a tu favor. Eres una mujer de buen corazón.

–Gracias –contestó Taylor tímidamente.

Graziella terminó de montar la lasaña y la metió en el horno. A continuación, fregaron la cocina y se prepararon un café. Luego, tuvieron tiempo de ducharse y de cambiarse de ropa para recibir a los invitados.

La mesa del comedor lucía un exquisito mantel de hilo blanco, una preciosa vajilla de porcelana y una cristalería soberbia, todo ello acompañado por una cubertería de plata sin igual.

Taylor se miró al espejo con el vestido de seda color jade que había elegido. Se puso unas sandalias de tacón alto, se recogió el pelo en un elegante moño, se maquilló de manera muy natural y se giró hacia Ben.

–Estás muy guapo –le dijo sinceramente.

El niño llevaba pantalones largos, camisa, chaqueta y el pelo peinado. Parecía un hombrecito en miniatura, un hombre d'Alessandri, exactamente igual que su padre y que su tío.

–¿Estás listo? –le preguntó sabiendo que no hacía falta que le recordara que se comportara bien porque su hermana le había enseñado muy buenos modales.

–Sí –contestó Ben–. ¡Hola, tío Dante! –exclamó mirando hacia la puerta.

Taylor se giró y sintió que el corazón le daba un vuelco al ver a Dante ataviado con un esmoquin y una sonrisa encantadora.

–Mi tío y su familia acaban de llegar. ¿Os parece que vayamos a saludarlos?

Una vez en el salón, tres personas amistosas y encantadoras que hablaban en inglés saludaron a Ben y a Taylor y comenzaron a hablar con ellos como si los conocieran de toda la vida, lo que resultó de lo más agradable.

El primo de Dante, Giuseppe, se puso a flirtear con Taylor en cuanto la vio y, al cabo un rato, aquello le valió una mirada muy seria por parte de Dante.

–Taylor está con Dante –intervino Isabella, su otra

prima–. No tienes nada que hacer –añadió mirando a Taylor–. Es que mi primo es un ligón.

¿Se creían que Dante y ella eran pareja? Taylor abrió la boca para negarlo, pero no dijo nada al sentir la mano de Dante en el muslo.

–Vete a divertirte a otro sitio –le advirtió Dante a su primo.

Giuseppe se encogió de hombros y se alejó.

El hermano de Graziella le dijo una y mil veces lo maravillosa que estaba la lasaña. Isabella estaba encantada con el vino y la velada fue pasando en armonía. Aparentemente, todo el mundo se lo estaba pasando bien, pero Taylor se moría por que la cena terminara cuanto antes.

Cuando llegó el momento de ir a acostar a Ben, lo hizo encantada, pero Dante la acompañó e insistió en leerle un cuento al pequeño. A Taylor tampoco le dio tiempo de hablar con él en aquellos momentos.

Para colmo, Dante la tomó de la mano y le besó los nudillos en el preciso instante en el que entraban en el comedor de nuevo, donde Graziella estaba sirviendo el café.

¿Qué demonios se proponía?

Cuando los invitados se hubieron ido, Graziella se dispuso a recoger, pero Taylor y Dante le dijeron que se fuera a acostar e insistieron en hacerlo ellos.

–¿No vas a decir nada? –le preguntó Dante a Taylor tras unos minutos metiendo cosas en el lavaplatos en silencio.

–Estoy intentando calmarme para no romperte dos o tres platos en la cabeza.

–¿Tan enfadada estás?

–¿Se nota? –se indignó Taylor–. Tu familia se cree que...

–¿Estamos juntos? ¿Acaso no es verdad? Vivimos juntos –le recordó sonriendo.

–Sabes perfectamente a lo que me refiero –contestó Taylor–. ¿Por qué me has besado la mano? ¿A qué ha venido eso?

A Taylor no le dio tiempo de reaccionar cuando Dante la tomó de los hombros y la besó en la boca. A continuación, le puso una mano en la nuca y la otra en el trasero. Taylor sintió que la cabeza le daba vueltas e instintivamente le devolvió el beso con la misma intensidad.

Jamás había sentido nada parecido.

De repente, Dante se apartó.

–Perdón... venía a ver si había apagado el horno –se disculpó su madre desde la puerta.

Taylor dejó caer la cabeza contra el pecho de Dante, apesadumbrada.

–¿Cómo has podido? –lo recriminó una vez a solas–. Ahora tu madre se va a creer que...

–No importa –sonrió Dante tomándole el rostro entre las manos.

–Claro que importa.

Dante le puso un dedo sobre los labios.

–Te equivocas –le aseguró.

–Por favor... –imploró Taylor.

En realidad, no sabía por qué imploraba. Necesitaba estar sola. Dante lo percibió y la dejó marchar, momento que Taylor aprovechó para salir de la cocina como alma que lleva el diablo.

Dante terminó de recoger la cocina y se fue a su habitación. Una vez allí, se puso el pijama y se metió en la cama, entrelazó los dedos en la nuca y se quedó mirando el techo y recordando la respuesta de Taylor, que había sido muy apasionada, mucho más de lo que había esperado, y suficiente para dejarlo excitado.

Capítulo 6

SIGUIENDO el consejo de Graziella, Taylor eligió un vestido largo muy elegante en seda roja con escote recatado y mangas farol para acudir a la fiesta benéfica.

El vestido resaltaba la textura cremosa de su piel y el recogido alto del pelo dejaba expuesta la delicada curva de su nuca. Completaba el atuendo un colgante de un solo diamante con pendientes a juego y unas sandalias rojas de tacón alto.

Graziella aprobó el conjunto, Dante la miró entusiasmado y Ben vocalizó su entusiasmo de manera infantil.

–Nos tenemos que ir –le indicó Dante despidiéndose de su madre con un beso en la mejilla–. Cuida de la abuela –le dijo a Ben chocando los cinco con él.

–Vamos a ver *Shrek* –contestó el pequeño.

–Te quiero –le dijo Taylor inclinándose sobre él y besándolo.

–Yo también –contestó Ben.

Los nervios que se habían empezado a formar en el estómago de Taylor mientras se vestía, fueron extendiéndose mientras bajaban en el ascensor hacia el vestíbulo y empeoraron irremediablemente en la limusina que los llevaba a su destino.

No la ayudó en absoluto que Dante la agarrara de la mano y entrelazara los dedos con los suyos.

–No hay razón para estar nerviosa –la tranquilizó.

–¿Por qué crees que lo estoy?

–Te sirve de algo saber que voy a estar a tu lado durante toda la velada? –contestó Dante mientras la limusina paraba en la puerta de un precioso hotel.

Taylor no contestó, pues ya habían llegado y un portero uniformado le estaba abriendo la puerta. Acompañada por Dante, entró en el vestíbulo del hotel y se dio cuenta de que se trataba de un acontecimiento muy especial, pues las joyas y los vestidos que allí había así lo proclamaban.

Había dinero por todas partes.

La llegada de Dante despertó el interés de unas cuantas personas y, para horror de Taylor, ciertas especulaciones. Era evidente. Algunas personas que les fueron presentando les expresaron sus condolencias por las muertes de sus hermanos.

En un momento dado, un invitado llamó a Dante, que se reunió con él excusándose y dejando Taylor sola unos momentos.

–Qué tragedia –estaba comentando una mujer mayor–. Perder a un hijo y a una nuera tan jóvenes. Graziella lo debe de estar pasando fatal. Menos mal que el pequeño se ha salvado.

¿Qué otra cosa podía hacer Taylor sino estar de acuerdo?

–Perdón, era un compañero de trabajo –le explicó Dante volviendo a su lado–. Hola, Angelina –añadió saludando a la mujer mayor–. Tu presencia hace que estas fiestas sean más divertidas.

–Gracias –contestó la mujer–. Enhorabuena por vuestra próxima boda.

¿Pero de qué estaba hablando aquella mujer?

–¿No habéis leído el artículo que han publicado sobre vosotros? –se extrañó Angelina–. Han publicado que Dante llegó a Florencia recientemente, que lo que Leon dejó dicho en su testamento sobre su hijo se está cumpliendo y especulan sobre una posible boda entre vosotros.

Taylor esperó a que Dante lo negara, pero Dante la sorprendió tomándola de la mano y besándosela.

–Es una buena solución, ¿verdad?

«Estará de broma», pensó.

–Cuando nos casemos, lo haremos de manera muy íntima y será una celebración muy sencilla –añadió Dante.

–Claro –asintió Angelina.

Taylor le clavó las uñas en la palma de la mano, pero Dante ni se inmutó. Mientras Angelina se despedía y se alejaba, Taylor se dio cuenta de que sólo había una persona que podría haber insinuado algo así.

–Tu madre... –le dijo a Dante una vez a solas.

–Sí, le han debido de preguntar y han debido de sacar las cosas de contexto.

–¿De verdad lo crees así?

–Lo que creo es que mi madre piensa que sería una buena solución si tú y yo nos casáramos.

–¿Una buena solución para qué exactamente?

–Para formalizar la manera en la que vivimos actualmente.

–No me lo puedo creer.

–Y también para convertirnos en los padres adoptivos legales de Ben –concluyó Dante viendo que Taylor se había enfurecido de verdad.

–¿Estás de acuerdo con tu madre?

–Bueno, compartimos casa y ambos nos hemos comprometido a criar a Ben como si fuera nuestro hijo.

–Quiero que sepas que estoy haciendo un gran esfuerzo para no abofetearte.

–Haces bien porque estamos en un lugar público.

–Supongo que le vas a exigir a la prensa que se retracte de esa noticia.

–Todavía no.

–Pero lo vas a hacer.

–¿Quieres que los demande por daños y perjuicios? –bromeó Dante.

–No pongas en mi boca palabras que yo no he pronunciado.

–¿Crees que eso es lo que estoy haciendo?

Taylor pensó en irse inmediatamente, pedir un taxi y volver a casa de Graziella. Era una buena idea, pero había un pequeño detalle que se lo impedía. No se sabía la dirección.

Así que tuvo que conformarse con asegurarse una y otra vez que aquello pasaría pronto ya que, tarde o temprano, la fiesta terminaría, pero se le hizo una eternidad y tuvo que aguantar que todos los presentes les dieran la enhorabuena por su próximo enlace.

Durante una hora sonrió y dio las gracias mientras sentía la mano de Dante en la cintura. De vez en cuando, esa misma mano subía un poco por su columna vertebral y las yemas de los dedos le llegaban hasta debajo del pecho. A Dante le habría bastado con mover la mano un par de centímetros para acariciarle la piel de aquella zona tan sensible.

La mera posibilidad hacía que a Taylor se le entrecortara la respiración.

¿Qué tenía aquel hombre que con sólo tocarla hacía que reaccionara todo su cuerpo como si hubiera recibido una descarga eléctrica? ¿Se daría cuenta? Taylor esperaba sinceramente que no.

En un momento dado, gracias a Dios, Dante apartó el brazo y la mano de su cintura y de su espalda, pero el alivio duró poco porque rápidamente entrelazó los dedos de una mano con los de Taylor y se puso a acariciarle la parte interna de la muñeca con la yema del dedo pulgar.

Taylor sintió la fuerte tentación de apartar la mano y, como si lo hubiera presagiado, Dante se la agarró con más fuerza.

–Aguanta un poco más –le murmuró al oído–. Falta poco para que podamos escaparnos.

–Aleluya –contestó Taylor sonriendo de manera radiante.

–Ten cuidado, querida, tanta alegría podría sentarte mal.

–¿Tú crees?

Dante se rió haciendo que Taylor se enfureciera todavía más. Dante se moría por ver sus ojos convertirse en dos bolas de fuego, así que se inclinó sobre ella y buscó sus labios, sintió su sorpresa, la saboreó y se introdujo en su boca.

Taylor sintió que el cuerpo se le derretía, que la sangre comenzaba a correr por sus venas cada vez más aprisa, haciéndola vibrar, haciendo que su nivel de vitalidad subiera por las nubes, haciendo que perdiera por completo el sentido del espacio y del tiempo.

En mitad de la nebulosa, pensó que aquello era como si Dante estuviera diciendo delante de todos que aquella mujer era suya, así que, instintivamente, le puso las manos en los hombros y se apartó. A continuación, se quedó mirándolo a los ojos.

–Esto es imperdonable –le dijo con voz trémula.

–¿El beso?

–Sí –contestó Taylor, para quien aquello había sido mucho más que un beso.

Dante lucía una expresión facial ininteligible, tenía los ojos tan oscuras que parecían negros, y Taylor se sintió cautivada, casi hipnotizada por su sensualidad.

–Deberíamos irnos.

Hielo y fuego.

Taylor estaba luchando contra ambas cosas y perdiendo lentamente la partida. Llevaba dos años sin querer sentir, congelando sus emociones para sentirse a salvo, pues había pasado de tener familia, su adorada hermana y su querido sobrino, y una profesión que le encantaba a perder un tercio de aquello en un abrir y cerrar de ojos.

Y ahora estaba en la Toscana con un hombre que parecía decidido a poner su vida patas arriba. Y lo peor era que podía hacerlo, lo que la aterrorizaba. Le entraron ganas de salir corriendo... aunque, por otra parte, le apetecía quedarse, aceptar lo que Dante le ofrecía y disfrutarlo.

Claro que tener una aventura con él no la llevaría a ningún sitio. La aventura terminaría tarde o temprano y entonces, ¿qué pasaría con Ben? Se había comprometido a criarlo y a desempeñar el papel de madre.

–Adiós, Dante. Adiós, Taylor. Buenas noches.

Taylor oía las voces y veía las caras sonrientes que los despedían mientras Dante la llevaba hacia la puerta de salida y se le antojó que los miraban con cierta envidia y que debían de estar pensando: «Mira, mira cómo corren a su habitación. Qué prisa tienen por meterse en la cama».

El coche los estaba esperando, Taylor se subió en el asiento de atrás, se abrochó el cinturón de seguridad y permaneció callada durante todo el trayecto de vuelta a casa.

Lo que quería decirle a Dante podía esperar, tenía que esperar hasta que estuvieran a solas aunque lo cierto fue que le costó un gran esfuerzo esperar.

Para cuando el coche llegó a casa de Graziella, Taylor hervía de furia.

–Eres el hombre más insoportable que he conocido en mi vida –le espetó en cuanto Dante hubo cerrado la puerta de la casa–. ¿Cómo demonios te has atrevido a hacer lo que has hecho?

–¿Todo esto por un simple beso? –contestó Dante, que estaba de lo más relajado.

Sin pensar lo que hacía, Taylor lanzó el brazo derecho, pero la palma de su mano nunca llegó a entrar en contacto con la mejilla izquierda de Dante porque éste le agarró la muñeca con fuerza en el aire.

–No te pases –le dijo apretando los dientes.

–Te odio –le dijo Taylor con lágrimas en los ojos.

–Casi tanto como te odias a ti misma.

Taylor consiguió zafarse de su mano, pero la tomó completamente por sorpresa que Dante le tomara el rostro entre las manos y que le acariciara el labio inferior con la yema del dedo pulgar para, a continuación, volver a besarla.

Sintió que una lágrima solitaria le resbalaba por la mejilla y mantuvo los ojos cerrados para evitar que brotaran más. Dante le secó la lágrima con el dedo y se apartó.

–Vete a la cama –le indicó–. Y duerme... si puedes.

Dicho aquello, se quedó mirándola. Taylor desapareció en la penumbra del vestíbulo y se dirigió a su habitación. Aquella mujer lo excitaba más que cualquier otra y tuvo que hacer un gran esfuerzo para no seguirla.

Una vez a solas, Dante se dirigió a la cocina, se preparó una taza de café y se fue a la biblioteca con la idea de conectarse a los mercados internacionales para trabajar un rato. A ver si así conseguía olvidarse de las lágrimas de aquella mujer a la que deseaba con todo su cuerpo.

Aquellas imágenes se colaban en su mente con insidiosa intensidad, imágenes de una noche oscura que Taylor quería apartar de sus recuerdos, pero que la perseguía constantemente.

Todo estaba oscuro. Mientras abría la puerta de la casa que compartía con una amiga, percibió que algo no iba bien. Una vez dentro, alargó el brazo para encender la luz y, de repente, oyó algo.

En un abrir y cerrar de ojos, antes de que le diera tiempo de pensar en salir corriendo, al girar la cabeza, alguien la golpeó y la tiró al suelo.

Sintió una patada en la espalda que la hizo gritar de dolor, pero reaccionó, lanzando una patada hacia atrás que alcanzó a su atacante en la pierna y lo hizo aullar. El hombre se puso en pie rápidamente y la agarró de los brazos.

–Zorra –la insultó.

A continuación, le pegó otra patada en la espalda. Taylor se apresuró a rodar sobre el suelo, sorprendiendo al atacante, que, sin embargo, contaba con la ventaja de estar de pie.

Taylor gritó cuando la agarró, la obligó a ponerse en pie y le puso las manos a la espalda con tanta fuerza que estuvo a punto de desmayarse. A continuación, la abofeteó con tanta fuerza que Taylor sintió que le brotaba sangre de la boca.

Era imposible que aquello la estuviera sucediendo a ella, que iba a clase de defensa personal y que sabía perfectamente cómo reducir a un hombre que la estuviera atacando.

Pero aquel hombre era muy rápido y muy fuerte y la situación era real, no una práctica calculada en un gimnasio. Ahora había muebles y paredes a su alrededor y no le resultaba fácil moverse con soltura.

Taylor sintió que el hombre le estaba arrancando la blusa con tanta fuerza que los botones salieron disparados. A continuación, cuando sintió que se disponía a desabrocharle los vaqueros, comenzó a luchar con todas sus fuerzas, sin miedo, como le había enseñado su instructor, pues de ello dependía su vida.

En aquella ocasión, fue el hombre quien chilló de dolor. A continuación, se puso a insultarla y amenazó con violarla.

En aquel momento, Taylor oyó que alguien la llamaba, se dio cuenta de que algo había cambiado, las imágenes comenzaron a desvanecerse a medida que fue saliendo de la pesadilla y, al final, tomó conciencia de la cama y de la habitación en la que estaba.

Había un hombre sentado en el borde de la cama.

Dante.

La estaba mirando muy preocupado, y Taylor cerró los ojos.

–Perdona por haberte despertado –se disculpó.

Dante no contestó. Se limitó a apartarle un mechón de pelo de la cara y a acariciarle la mejilla. Taylor se mordió el labio inferior.

–¿Por qué tienes pesadillas?

Taylor no quería tenerlo tan cerca, pues se moría por que la consolara, por sentir sus brazos alrededor del cuerpo, por apoyar la cabeza en su pecho y escuchar el latido de su corazón... sólido y tranquilizador.

Estuvo a punto de hacerlo, pero se refrenó, pues le pareció de muy poco sentido común.

–Taylor –insistió Dante.

No sabía qué decir y tampoco creía estar obligada a darle una explicación, así que lo miró a los ojos y negó con la cabeza.

–Estoy bien.

–¿Pretendes que te crea? Te estabas moviendo como si te fuera la vida en ello.

Y así había sido, pero no se lo iba a contar.

–Dime qué sucedió –la urgió Dante.

–¿Y si te digo que no es asunto tuyo? –contestó Taylor.

–Te equivocas.

–¿Por qué? –le preguntó Taylor muy nerviosa–. Eres el protector de Ben, no el mío.

–Venís en el mismo paquete.

–Me gustaría que te fueras –le pidió.

–Me voy a ir, pero quiero asegurarme de que te quedas dormida –contestó Dante apartándose de la cama y sentándose en una butaca cercana.

–No te puedes quedar ahí –se escandalizó Taylor.

–¿Prefieres que me meta en la cama contigo?

Taylor agarró la almohada y se la lanzó con fuerza.

–Eres el hombre más imposible que he conocido en la vida –le espetó–. Por favor, vete.

Aquel por favor le llegó a Dante al alma, haciéndole sentir la imperiosa necesidad de abrazarla y de asegurarle que todo iba a ir bien, que nadie volvería a hacerle daño jamás, pero Dante se puso en pie, se despidió, cruzó la habitación y cerró la puerta con cuidado al salir.

Taylor pensó que, probablemente, se había desvelado debido a la pesadilla y a la sorpresa de encontrar a Dante junto a su cama, pero no fue así y pronto cayó en un sueño reparador del que se despertó a la mañana siguiente sintiéndose increíblemente descansada.

Capítulo 7

TAYLOR, despierta.

La voz infantil penetró en su subconsciente y Taylor se tumbó de lado, abrió los ojos y miró a Ben, que estaba de pie junto a su cama.

–Estoy dormida –bromeó.

El niño se rió encantado.

–Pero si tienes los ojos abiertos.

–¿Y por qué me vienes a despertar al amanecer, jovencito?

–Son ya las ocho de la mañana y Dante y la abuela están desayunando –la informó el pequeño.

Pues sí que era tarde.

–Sales en el periódico.

–¿Cómo? –dijo Taylor incorporándose.

–Y Dante también. Me lo ha enseñado la abuela.

En la fiesta de la noche anterior había mucha gente famosa y muchos periodistas y Taylor supuso que la presencia de Dante siempre atraía la atención de estos últimos.

–Sales besando a Dante.

Ben estaba equivocado, pero, claro, ¿cómo iba a saber que había sido Dante quien la había besado a ella?

Al recordar las sensaciones que se habían apoderado de ella en aquellos momentos, Taylor sintió que se derretía por dentro.

–El tío me ha dicho que hoy vamos a ir a los viñedos –anunció Ben entusiasmado–. Hay gatos y perros y muchas uvas –añadió.

–Espérame un momento, me visto y bajamos –contestó Taylor.

–Muy bien.

«Qué sencillo es ser niño», pensó Taylor mientras se dirigía al baño.

Lo cierto era que la visita a Florencia estaba resultando muy positiva para Ben. Le estaba brindando la oportunidad de conocer sitios nuevos y, lo que era todavía más importante, la oportunidad de estrechar lazos con Dante y con Graziella, aprender que formaba parte de otra cultura y aceptar que, aunque su vida había cambiado de la noche la mañana, todo iba a ir bien.

Desde luego, tenían que hablar y debían hacerlo cuanto antes.

Tenían que parar los rumores sobre aquella tontería de que se iban a casar y obligar a los periódicos a retractarse.

Taylor estaba dispuesta a aceptar la custodia compartida e incluso a compartir casa para siempre, pero no a casarse con Dante.

¿Habría sido aquello lo que había precipitado la pesadilla?

Al mirarse al espejo, Taylor vio que el miedo se estaba apoderando de su rostro y se dijo que no debía permitirlo, que debía enfrentarse a él y vencerlo.

Claro que era más fácil decirlo que hacerlo.

Pero para algo había aprendido técnicas psicológicas que le permitieron relajarse, concentrarse y vestirse para ir a buscar a Ben, que la estaba esperando pacientemente en su habitación.

Cuando entraron en el comedor, Dante se puso en pie y sonrió. Taylor lo miró a los ojos y se dio cuenta de que le miraba la boca, lo que le hizo sonrojarse levemente. A continuación, le sonrió a Graziella y le dio los buenos días.

Graziella le sirvió una taza de café y le indicó que se sentara a su lado. Taylor era consciente de que la presencia de Dante tenía un efecto eléctrico sobre ella que le aceleraba el pulso y la hacía sentir que todo lo que le rodeaba era sensual.

Maldición. Casi podía sentir sus labios en la boca, el poder peligroso y elemental que ejercía sobre ella y su propia reacción, lo que la llevó a estar a punto de pasarse la lengua por el labio inferior, pero no le iba a dar esa satisfacción, así que dio buena cuenta de su café y de un cruasán.

–He pensado que podríamos irnos a Montepulciano para descansar un poco de la ciudad –comentó Dante.

–Es un lugar campestre precioso que sólo está a doscientos kilómetros al sur de aquí –le explicó Graziella–. Los viñedos de nuestra propiedad son muy buenos y hacemos un vino, Nobile, que está considerado uno de los mejores de Italia. Montepulciano es el lugar al que Dante se escapa para relajarse –añadió sonriéndole a su hijo.

Taylor intentó imaginarse a Dante eligiendo las uvas, manchándose las manos en el campo y, por alguna razón, no pudo hacerlo, pues chocaba con la imagen sofisticada que tenía de él.

–¿Y cuánto tiempo tienes pensado que estemos allí? –le preguntó Taylor.

–Una semana más o menos. A lo mejor un poco más –contestó Dante–. No te preocupes, hay servicio y mi madre también viene –añadió.

–Seguro que a Ben le encanta.

–El tío me ha dicho que me va a comprar una bici como la que tengo en Australia y que me va a enseñar muchas cosas –le aseguró el pequeño haciéndola sonreír–. Además, hay perros y gatos y... a lo mejor gatitos nuevos –añadió entusiasmado.

–Eso quiere decir que tenemos que hacer las maletas otra vez, ¿eh?

–Sí, por favor. ¿Podemos hacerlas ahora mismo?

–Bueno, ya he terminado de desayunar, así que vamos –contestó Taylor–. ¿A qué hora quieres salir? –le preguntó a Dante.

–A las diez.

Taylor miró el reloj, comprobó que tenía poco más de una hora, se excusó, se puso en pie, agarró a Ben de la mano y salieron del comedor. Una vez en la habitación del pequeño, procedió a hacer su maleta y, a continuación, la propia.

A la hora convenida, montaron a Ben en el asiento trasero de un precioso 4x4, en su silla especial, y pronto la ciudad quedó atrás, siendo reemplazada por fértiles tierras, pueblos y cipreses.

–¿Ya estamos llegando? –preguntó el pequeño al cabo de un par de horas.

–Sí, ya casi estamos allí –contestó Dante haciendo

contacto visual con Taylor a través del espejo retrovisor.

Había casas de labranza desperdigadas por los campos, casas color crema de tejados rojos rodeadas de árboles y de jardines, llenas de flores, entre olivares y viñedos.

Dante dejó la carretera principal y se adentró por un camino de tierra, redujo la velocidad y, al cabo de un rato, tras una curva cerrada, apareció su casa, una casa que era una mezcla de antiguo y moderno ya que se le habían ido añadiendo diferentes edificios con el tiempo. El conjunto tenía un encanto cautivador. Se trataba de una edificación que constaba de un porche muy amplio, puertas estilo francés, caminos de piedra y paredes cubiertas de hiedra.

«Qué bonito», pensó Taylor maravillada.

Mientras Dante detenía el coche, un par de perros los saludaron con sus ladridos. Una sirvienta abrió la puerta del coche y Taylor comprobó que se trataba de una mujer de mediana edad que los esperaba con una gran sonrisa.

Dante la saludó con cariño y le presentó a Taylor y a Ben. A continuación, saludó a los dos perros, un pastor alemán y un labrador y les indicó que los recién llegados eran amigos. El proceso fascinó por completo a Ben, que obedeció a Dante cuando éste le indicó que se quedara quieto y alargara el brazo. A continuación, se rió cuando ambos perros comenzaron a lamerle la mano.

Hechas las presentaciones, Dante guió a Taylor y a Ben al interior de la casa, que constaba de un espacioso vestíbulo en cuyas paredes había cuadros y tapices antiguos. Los muebles eran de madera maciza y las alfombras persas, por supuesto. De aquel vestíbulo principal salían pasillos tanto a izquierda como a derecha y subía una majestuosa escalera que conducía a la planta superior.

–La comida estará lista dentro de una hora –anunció Lena, el ama de llaves, en un inglés de marcado acento italiano–. Las habitaciones están preparadas. Mario se encargará del equipaje.

–Supongo que me habrás preparado la suite de siempre –comentó Graziella.

Lena asintió.

–Voy a acompañar a los invitados a sus habitaciones –añadió.

Efectivamente, Lena acompañó a Ben y a Taylor escaleras arriba, al ala de la casa donde se encontraba las habitaciones de invitados, todas con sus correspondientes baños.

–Espero que estén cómodos –les dijo.

–Gracias, es usted muy amable –contestó Taylor sinceramente.

–Así me lo ha pedido el señor Dante –contestó la criada–. Les dejo para que puedan instalarse.

–¿Me puedo quedar con la habitación que tiene dos camas? –le preguntó Ben a su tía en cuanto Lena se hubo ido.

–Claro que sí –contestó Taylor revolviéndole el pelo.

Minutos después, llamaron a la puerta y un hombre que dijo que era Mario dejó sus maletas junto a la cama, inclinó la cabeza para despedirse y se fue.

–Bueno, vamos a deshacer el equipaje –le dijo Taylor a su sobrino.

–¿Y luego podemos salir a ver a los perros?

–Después de comer –contestó Taylor mirando el reloj–. Primero deshacemos el equipaje y luego nos cambiamos de ropa.

–La abuela me ha dicho que también hay una gata que acaba de tener gatitos.

–Muchas cosas nuevas para hacer, ¿eh? Ten cuidado no te vayas a empachar queriendo hacerlo todo en un día.

–El tío me va a llevar a ver las viñas y también me va a enseñar cómo hacen el vino y... el sitio donde lo guardan.

–¿Las bodegas?

–Sí, Dante me ha contado que lo almacenan en barricas durante un tiempo.

–Estás aprendiendo deprisa.

La comida discurrió de manera agradable en un comedor informal desde el que había unas vistas maravillosas de los viñedos que cubrían el valle. Había retazos de tierra de diferentes colores... verdes, terracotas y dorados, pues se acercaba el otoño.

A Taylor le pareció un reducto de paz.

–El mes de agosto aquí es muy agradable –comentó Graziella–. Hace calor, el cielo estaba despejado y todo el mundo está encantado porque se acerca la cosecha.

–¿Podemos ir a ver a la gata y a los gatitos después de comer? –preguntó Ben.

–Después de comer, hay una tradición sagrada que es la siesta –le contestó Dante–. Dormimos un ratito y, luego, os llevo a Taylor y a ti a ver los alrededores.

–¿Tenemos que dormir ahora? –protestó el pequeño.

–Es una cabezadita, lo suficiente como para reponer

fuerzas –le explicó su abuela–. Si no te echas la siesta, no vas a tener fuerzas para llegar a la cena.

Ben estaba acostumbrado a echarse la siesta en Florencia, pero en aquel lugar con tantos estímulos le costó conciliar el sueño. Al final, después de que Taylor le hubiera leído un cuento, descansó un rato. A media tarde, Lena llamó a la puerta para decirles que Dante los estaba esperando abajo.

Provistos de sombreros para el sol, zapatillas de deporte y crema protectora se dispusieron a visitar la finca. Taylor había creído que el interés de Dante por el vino sería algo superficial, una mera distracción, pero pronto comprobó que no era así. Dante les enseñó las bodegas y les presentó a los empleados, les explicó el proceso de la elaboración del vino, desde que se recogían los racimos hasta que el caldo estaba embotellado.

Aunque a Taylor le interesaba lo que le estaba contando, no se podía concentrar realmente porque lo tenía muy cerca. El sofisticado hombre de negocios al que ella conocía se había convertido en un hombre de la tierra. Estaba completamente diferente. Los trajes, las camisas blancas y las corbatas le sentaban muy bien, pero los vaqueros desgastados y las camisetas negras le quedaban todavía mejor.

La sensualidad que proyectaba sin esfuerzo estaba siempre presente. Era evidente que conocía bien a las mujeres y sabía cómo complacerlas. Seguro que era un amante entregado con un toque primitivo.

Sí, se veía en el brillo de sus ojos, aquel brillo magnético, evocador y letal.

Taylor se sentía, por una parte, asustada y, por otra, excitada por lo que no podía tener.

¿Se daría cuenta Dante de la lucha interna que estaba librando?

Sinceramente, esperaba que no.

Los días fueron pasando y a Taylor se le hacía cada vez más difícil mantener las distancias. Compartir la custodia de Ben se había convertido en algo muy diferente a lo que había pensado al principio que sería. Dante estaba mucho más involucrado en el proceso de lo que había dejado entrever en un primer momento.

En Sidney, cuando salía de viaje, estaba presente a través de la cámara web y de las llamadas telefónicas, pero en Italia su presencia física era constante y lo peor era que Graziella estaba a favor de una relación entre ellos.

Claro que eso no iba a ocurrir.

Tres meses atrás, Taylor tenía perfectamente controlada su vida, pero, en un abrir y cerrar de ojos, había dejado su casa, se había ido a vivir a una mansión y ahora estaba en Italia y todo por el amor que le profesaba a su sobrino y el compromiso que tenía con él.

Por supuesto, no se arrepentía.

Lo único malo era la presencia de Dante d'Alessandri, que le resultaba incómoda. Además, Taylor no podía dejar de pensar que Dante tenía un as guardado la manga.

–No le des tantas vueltas a la cabeza.

Su voz la sacó de sus pensamientos y Taylor se limitó a sonreír.

–Estoy intentando procesar toda la información.

Dante se quedó mirándola pensativo.

–Tenemos que hablar –comentó.

–No tenemos nada que decirnos –contestó Taylor.

–No estoy de acuerdo.

Taylor decidió que quería cambiar de tema y así lo hizo.

–Es una finca preciosa.

–Gracias.

–¿Hace mucho que es vuestra?

–Nueve años –contestó Dante.

–¡La gata! –exclamó Ben.

–Si la sigues sin hacer ruido, podrás ver cómo amamanta a sus crías –le dijo Dante–. No hagas ruido para que no se asuste.

–De acuerdo.

Taylor se quedó mirando a Ben, que salió de puntillas detrás de la gata.

–Te encanta venir aquí –le dijo a Dante.

No había sido una pregunta, sino una afirmación.

–Sí, vengo cuando quiero relajarme.

–¿Pero tú te relajas? –se burló Taylor.

–Me gusta pensar que me relajaré definitivamente cuando encuentre a una buena mujer con la que formar una familia.

Aquello hizo pensar a Taylor en algo en lo que no quería pensar.

–¿Te quieres casar? Lo único que tienes que hacer es chasquear los dedos y elegir a la mujer que quieras.

–¿Tú crees?

A continuación observó a Taylor. Aquella mujer lo intrigaba. Era evidente que estaba dispuesta a llegar a donde hiciera falta por el bien de Ben. Se trataba de una mujer fría en la superficie y que parecía tenerlo todo controlado, pero que en sus brazos se convertía en una mujer viva y sensual.

Dante quería mucho más de ella, pero Taylor no parecía dispuesta a dárselo.

Taylor se dijo que la cabeza le estaba dando vueltas porque hacía mucho sol, pero sabía que no era cierto. Era inconcebible que Dante se quisiera casar y formar una familia. ¿Qué sería entonces de Ben y de ella?

La custodia compartida sería entonces bastante diferente. Volver a su casa no le supondría ningún problema, pero ¿cómo se lo tomaría Ben? ¿Cómo llevaría tener que vivir entre dos casas? ¿Y si Dante decidía irse de Sidney?

–Espero que me lo digas con suficiente antelación para que me pueda organizar con Ben –le indicó de manera algo brusca.

A Dante le entraron ganas de zarandearla, pero se refrenó.

–Creo que no me has entendido –le dijo–. Me quiero casar contigo.

Taylor se quedó mirándolo estupefacta.

–Supongo que lo que me estás proponiendo es un matrimonio de conveniencia, algo que formalice legalmente lo que hay entre nosotros. La respuesta es no –contestó–. Gracias.

Dante la sorprendió riéndose y mirándola divertido.

–No es el lugar ni el momento de seguir hablando de esto, pero que te quede muy claro que no me doy por vencido –le advirtió acariciándole la mejilla–. Vamos a ver qué tal están Ben y los gatos –sugirió girándose.

Taylor no tuvo más remedio que seguirlo porque Dante la había agarrado de la mano y tiraba de ella. No les costó mucho encontrar a Ben, que estaba agachado en cuclillas junto a una caja en la que la gata estaba atendiendo a sus cachorros.

Cuando los oyó llegar, levantó la mirada, se llevó un dedo a los labios y volvió a mirar la caja.

–Son cinco –le explicó Dante a Taylor–. Nacieron anteayer.

Taylor se acercó y le puso una mano en el hombro a su sobrino. Había cinco gatitos muy pequeños succionando a toda velocidad de las mamas de su madre.

–Están comiendo –le explicó Ben.

–Son preciosos –contestó Taylor en voz baja–. Nos podríamos quedar con uno y buscarles dueño a los demás.

–Muy bien –contestó Dante.

Así que a Taylor, además de los niños, le gustaban los animales.

–¿Nos podemos quedar un rato más? –les preguntó Ben.

–Claro que sí –contestó Taylor viendo que su sobrino estaba encandilando.

–Os voy a enseñar la casa –anunció Dante al cabo de un rato–. Podemos venir a ver a los gatos luego –añadió invitando a Ben a que se pusiera en pie.

La casa, efectivamente, era una mezcla de moderno y antiguo, una mezcla que se había llevado a cabo con maestría, respetando los elementos originales de la casa y de la zona y mezclándolos con los materiales más vanguardistas del mercado.

El resultado era un edificio de techos altos, paredes de estuco y suelos de baldosas de barro artesano en el que había varios salones, una biblioteca, un comedor formal, un despacho muy espacioso, la suite de Graziella, una magnífica cocina, el comedor de diario que estaba acristalado y una piscina cubierta. En la planta de arriba había dos alas. Una de ellas pertenecía por completo a Dante y en ella estaba el dormitorio principal, un salón privado y un despacho. En la otra ala había tres suites de invitados, una de las cuales era la que ocupaban en aquellos momentos Taylor y Ben.

Desde luego, Dante no había escatimado en gastos a la hora de reformar la propiedad.

–Os tengo que dejar porque tengo que ir a hablar con el bodeguero –anunció Dante–. Si se lo pides a tu tía, a lo mejor te deja montar en tu bici nueva. Mario te la ha dejado en la entrada.

–¿Me has comprado una bici nueva? –contestó Ben mirando a su tío con adoración–. ¿Puedo ir a probarla? –le pidió a Taylor–. Por favor.

¿Cómo se iba a negar? Así que pasaron una hora muy divertida mientras Ben probaba la bicicleta nueva. A continuación, fueron a ver otra vez a la gata y a sus gatitos.

La cena de aquella noche resultó muy agradable. Lena les sirvió un plato de pasta divino y una ensalada buenísima y hablaron de Ben, de los viñedos, de la bicicleta y, sobre todo, de la gata y de su gatitos.

Ben pronto dio muestras de un gran cansancio y, de hecho, se quedó dormido en cuanto lo acostaron, sin ni siquiera pedir que le leyeran un cuento.

–Se lo está pasando fenomenal –le dijo Taylor a Dante mientras cerraban la puerta de la habitación del pequeño–. Gracias.

Lo tenía muy cerca y tuvo que hacer un gran esfuerzo para no acercarse todavía más a él, así que dio un paso atrás.

–¿Y tú? ¿Tú qué tal te lo estás pasando? –le preguntó Dante.

Taylor no sabía qué decir.

–Tienes una casa preciosa y los viñedos son maravillosos.

Dante sonrió.

–Muy educada.

–Estás siendo muy generoso –añadió Taylor.

–Eso ya está mejor –sonrió Dante acariciándole la mejilla–. Quiero que mañana por la noche cenes conmigo. Hay una *trattoria* maravillosa en el pueblo en la que hacen unas pizzas fabulosas. Te va a gustar.

Taylor sintió que el corazón comenzaba a latirle aceleradamente.

–Tengo que escribir. Tengo que entregar la novela.

–Sí, pero tienes todo el día para trabajar –insistió Dante–. Me voy a llevar a Ben toda la mañana, así que no te tendrás que ocupar de él.

–Es importante para mí cumplir las fechas de entrega de mis novelas –le explicó Taylor sintiendo la imperiosa necesidad de justificarse y odiándose por ello.

–¿He dicho yo que no lo fuera?

Taylor dio otro paso atrás.

–Si no te importa, me voy a ir a mirar mis correos electrónicos y a ver si trabajo un rato.

–Muy bien. En la biblioteca tienes conexión a Internet. Te puedes llevar allí tu ordenador portátil.

Una vez instalada en la biblioteca, Taylor se maravilló de las paredes cubiertas de ejemplares bellamente encuadernados.

–Gracias –le dijo a Dante, que la había ayudado a instalarse.

–Cierra todo bien cuando te vayas. Hay un temporizador en todos los pasillos de la casa para que las luces bajen de intensidad a medianoche –se despidió Dante tomándole el rostro entre las manos y besándola en la boca–. Que duermas bien –le deseó.

Dicho aquello, se giró y salió de la biblioteca cerrando la puerta con cuidado.

Capítulo 8

LA NOCHE siguiente, Dante y Taylor abandonaron la villa en el lujoso 4x4 en dirección al pueblo.

–Mi madre puede meter en la cama a Ben perfectamente.

Taylor se quedó mirando el paisaje por la ventanilla, los campos arados, los viñedos y los cipreses que bordeaban la carretera. El sol se estaba poniendo, tiñendo el cielo de diferentes colores. Las noches de verano en el hemisferio norte eran mucho más largas que en Australia y a Taylor le encantaban.

–No lo dudo –contestó.

–Pero no estás relajada.

«Pero eso es por ti».

–Eso es porque no eres una persona fácil.

–¿Y eso te molesta?

Sí, le molestaba mucho.

–No voy a contestar a esa pregunta. No tengo ninguna intención de inflarte el ego.

–Tu sinceridad es admirable.

Dante le estaba tomando el pelo y, si hubiera estado más cómoda con él, le habría contestado en broma y le habría hecho reír, pero no se encontraba cómoda con él.

–Me alegra que te guste mi sinceridad porque pienso ser muy sincera contigo –le espetó.

–La *trattoria* a la que vamos es de unos amigos y está en un pueblo que está aquí al lado –le contó Dante para cambiar de tema.

Al llegar, aparcó el coche a las afueras de la localidad, agarró a Taylor de la mano y entrelazó sus dedos con los de ella. A Taylor se le pasó por la cabeza apartar la mano, pero Dante se la apretó más fuerte, como si hubiera adivinado su intención.

Mientras avanzaban por las callejuelas de adoquines, rodeados de edificios antiguos, Taylor se dijo que era como haber atravesado un túnel del tiempo.

Había gente sentada en las terrazas, hablando en italiano. Casi todos eran hombres. Olía a especias, a comida y a ajo.

Iban andando cuando un hombre saludó a Dante y se acercó. Dante le habló en italiano y le presentó a Taylor, que se dio cuenta de que estaban hablando de ella cuando el recién llegado la miró de manera apreciativa.

–¿Otro socio? –le preguntó a Dante cuando siguieron caminando.

–Carlo es un amigo de la infancia y tiene viñedos muy cerca de los míos –contestó Dante llevándola hacía un restaurante encantador que también tenía terraza–. Ya verás, la comida es exquisita –le aseguró entrando–. Mariangela es famosa por los *gnocchi* que hace. Tienes que probarlos.

–*Dio mio* –exclamó un hombre al verlos entrar–. Mariangela, ven, corre.

A continuación, tuvo lugar una rápida conversación

en italiano mientras un hombre de bastante volumen salía de detrás de la barra y abrazaba a Dante amigablemente. A continuación, salió una mujer de la cocina, miró a Dante, gritó emocionada y corrió hacia él.

Dante se rió, la tomó en brazos, le dio una vuelta en el aire y la volvió a dejar en el suelo para presentarle a Taylor.

–Vaya, así que te has traído a tu mujer para que la conozcamos. Ya iba siendo hora –bromeó la italiana besando a la recién llegada en ambas mejillas al estilo europeo–. Taylor. Es un nombre muy bonito –le dijo señalando una mesa–. Venid y sentaos. Bruno, abre una botella de vino y trae unos aperitivos. Pedid lo que queráis y luego hablamos, ¿de acuerdo?

La escena que se dio a continuación era típica de un pueblo del norte de Italia... voces altas, risas, el olor de comida casera sazonada con especias y vino.

Efectivamente, los *gnocchi* de Mariangela no tenían nada que ver con otros. Taylor había probado aquella especialidad italiana en algunos de los mejores restaurantes de Sidney, pero los de Mariangela eran mucho mejores. A continuación, tomó un *carpaccio* de carne acompañado por una deliciosa ensalada y un sorbete de limón fantástico.

–Creo que no voy a poder comer nunca más –comentó mientras se tomaba el té–. Me ha encantado la cena. Gracias –le dijo a Dante.

Cuando él le sonrió encantado, Taylor sintió que se le aceleraba el pulso.

–De nada, pero quiero que sepas que la velada todavía no ha terminado.

–¿Hay más?

–En algún momento, los hijos de Bruno y de Mariangela saldrán de la cocina con las guitarras y se pondrán a cantar.

–¿De verdad?

Como si estuvieran esperando la señal, dos guapos jóvenes de veintitantos años salieron de la cocina e interpretaron entre aplausos canciones tradicionales entre las que intercalaban frases graciosas, haciendo reír a los comensales.

Eran buenos.

Taylor se encontró sonriendo y riéndose. Cuánto le hubiera gustado hablar italiano para poder cantar ella también.

En un momento dado, se dio cuenta de que Carlo se había unido a ellos. Se sentó a su mesa y les ofreció otra botella de vino, pero Dante le indicó que tenía que conducir.

–Esta mujer debe de ser importante porque es la primera que traes a una a probar la comida de Mariangela –comentó mirando a Taylor.

–Comparto con ella la custodia de Ben –le explicó Dante.

Bruno les llevó los cafés, les preguntó si todo estaba bien y se fue muy satisfecho.

–Taylor, ¿y a ti te gusta este hombre? –le preguntó Carlo.

–De vez en cuando.

Carlo se rió.

–Desde luego, eres diferente.

–¿Diferente comparada con quién?

–Con las mujeres que suelen colgarse del brazo de Dante –le dijo el italiano.

–Que deben de ser muchas –bromeó Taylor sonriendo.

–Todas unas aduladoras –bromeó Carlo.

–¿Lo sabes por experiencia?

–Definitivamente, eres diferente. Me gustaría que nos conociéramos mejor. ¿Te apetece cenar conmigo mañana por la noche?

–Carlo –le advirtió Dante–. Taylor está conmigo –le indicó.

Taylor miró a Dante indicándole que ya hablarían de ello en cuanto se quedaran a solas y Dante le devolvió la mirada muy serio. Taylor sabía que era difícil que Dante se enfadara, pero sospechaba que, cuando lo hacía, podía resultar letal. Aun así, no bajó la mirada, no se iba a dejar amedrentar.

–Así que lo de la boda es cierto –comentó Carlo.

–Lo estamos considerando, es una idea –contestó Dante sin dejar de mirar a Taylor a los ojos–, pero todavía no es oficial.

Taylor se sentía incapaz de moverse, sentía que el pulso se le había acelerado. No era consciente de que se le habían dilatado las pupilas, pero Dante se fijó en el pequeño detalle y se apresuró a pedir la cuenta.

–Bueno, se hace tarde, me voy –se excusó Carlo poniéndose en pie.

Tras despedirse de Bruno y de Mariangela, Dante y Taylor también abandonaron el restaurante.

–¿Cómo te atreves? –lo increpó Taylor mientras iban hacia el coche.

–¿A qué te refieres exactamente?

Taylor se paró y se giró hacia él.

–A que te comportas como un idiota que va marcando el territorio como un perro que levanta la pata y mea.

–Vaya, nunca me habían dicho algo así –se maravilló Dante.

–Siempre hay una primera vez para todo.

–*Cara*...

–No soy tu querida nada, así que no me llames así.

–¿De verdad tienes ganas de discutir?

Taylor lo miró furiosa.

–Has llevado las riendas desde el principio –le espetó–. Decides lo que hay que hacer, cómo y cuándo y ya estoy harta –añadió con la respiración entrecortada por el enfado–. Y lo peor es que, aparentemente, no tienes intención de desmentir las tonterías que dicen los periódicos. ¿Cómo es posible que se te pase por la cabeza la idea de que nos casemos?

–Muy fácil.

Taylor esperó una explicación que nunca llegó porque Dante la tomó de la nuca y la besó apasionadamente, haciendo que el enfado se convirtiera en deseo.

Taylor sentía que sólo existía él y el poder que tenía para hacerla sentir que el mundo había dejado de girar, así que le pasó los brazos por el cuello y se dejó llevar por la pasión.

Dante se apretó contra ella para que sintiera su erección, deslizó una mano hasta sus costillas y, desde allí, la colocó sobre uno de sus pechos. Taylor emitió un sonido gutural y siguió besándolo y mordisqueándole el labio inferior.

–¿Estás segura de que nuestro matrimonio no funcionaría? –le preguntó Dante.

¡Taylor ya no estaba segura de nada!

–Es una locura –consiguió contestar con voz trémula.

A continuación, se apartó un mechón de pelo de la cara. Dante la agarró de la mano.

–¿Tienes alguna duda sobre mí? ¿Acaso crees que no sería un marido atento?

¡Con sólo pensar en él como amante, Taylor sintió que un terremoto la recorría por dentro!

–¿Por qué perder el tiempo en hablar y especular cuando los dos sabemos que no nos vamos a casar?

–¿Ni siquiera por el bien de Ben?

Taylor cerró los ojos y los abrió lentamente.

–Eso se llama coacción.

–Yo prefiero llamarlo persuasión.

–¿Por qué ibas a querer casarte conmigo?

–Porque quiero compartir mi vida con una mujer y tener hijos con ella.

Taylor sintió que se le rompía el corazón. Si se casaban, su compromiso para con Ben quedaría formalizado, pero ¿cómo se iba a embarcar en un matrimonio en el que no había amor? La mera idea le pareció una locura, pero, aun así, le encantaría probar.

–¿Y por qué yo?

–¿Y por qué no?

–¡Porque no estoy dispuesta a participar en algo así! ¡No estoy dispuesta a embarcarme en una matrimonio de conveniencia!

El cielo estaba cuajado de estrellas, así que había suficiente luz como para ver la expresión del rostro de Dante.

–Yo no he dicho en ningún momento que fuera de conveniencia –le dijo.

¡Aquello era demasiado!

–Me quiero ir a casa –declaró Taylor.

Dante abrió el coche con el mando, Taylor abrió su puerta y se subió sin darle tiempo a Dante a que lo hiciera él. Dante se puso al volante y condujo hasta la finca. No hizo amago en ningún momento de conversar y Taylor tampoco lo intentó, así que fue un gran alivio cuando llegaron y dejaron el coche en el garaje.

–Muchas gracias –le dijo Taylor bajándose del vehículo y dirigiéndose a la puerta que comunicaba el garaje con la casa.

–Qué educada eres –contestó Dante siguiéndola y poniéndole la mano en la cintura.

Una vez en el vestíbulo, Taylor se dispuso a subir las escaleras que llevaban a su habitación, pero Dante le puso las manos en los hombros y la giró hacia sí. De repente, se le antojó una liebre asustada, pues tenía los ojos muy abiertos, así que se inclinó sobre ella y la besó en la punta de la nariz y en los labios.

A continuación, se apartó. Taylor se había quedado muy quieta. No se podía mover. Cuando logró hacerlo, subió las escaleras a toda velocidad y se perdió en su habitación sin mirar atrás.

Una vez en su suite, se sintió profundamente aliviada, se apresuró a cerrar la puerta dándose cuenta de que tenía la respiración entrecortada, así que se sentó y respiró profundamente unas cuantas veces. Cuando se hubo relajado, se puso el pijama, pasó al baño a desmaquillarse y fue a la habitación de Ben a ver qué tal estaba.

El pequeño ni se movió, pues estaba profundamente dormido. Taylor se quedó mirándolo y volvió a su habitación consciente de que no iba a poder dormir porque estaba muy nerviosa.

Si por lo menos...

Taylor cerró los ojos y los volvió a abrir.

No servía de nada ponerse a especular.

Lo único real era la situación que estaba viviendo, que tenía que hacerse cargo de su sobrino y que tenía que compartir su custodia con un hombre de lo más inquietante que se empeñaba en pedirle mucho más de lo que ella estaba dispuesta a dar.

Aquel hombre tenía un plan muy preciso y, si le salía bien, conseguiría atar varios cabos con el propósito de dar una vida estable emocional y legalmente hablando al futuro heredero del grupo d'Alessandri.

Dante parecía decidido a demostrarle que su unión sería maravillosa tanto fuera como dentro de la cama.

Taylor era consciente de que muchas mujeres habrían atrapado la oportunidad al vuelo, pues Dante tenía mucho dinero, varias casas en diferentes países, una posición social envidiable y seguro que era un amante generoso.

Muchas personas se casaban por menos.

Entonces, ¿por qué no lo hacía ella?

Porque, en el fondo de su corazón, quería casarse por amor. Sabía que, a veces, la vida no te da lo que quieres. Por otra parte, ¿lo que le ofrecía Dante era suficiente para renunciar a su independencia? ¿Merecería la pena contentarse con ser su esposa aunque no la quisiera? ¿Estaba dispuesta a tener un par de hijos más con él para cimentar el futuro de Ben?

–*Buon giorno*, Taylor. Ben, ¿qué tal estás? –los saludó Lena a la mañana siguiente cuando entraron en la cocina–. Hace una mañana preciosa y la abuela está desayunando en la terraza. Ahora mismo os llevo el desayuno a vosotros también.

El sol estaba empezando a calentar y era evidente que aquel día iba a hacer calor. Olía a café. Graziella abrió los brazos para abrazar a su nieto nada más verlo y Ben corrió hacia ella encantado.

–Sentaos conmigo. Desde aquí hay una vista preciosa, ¿verdad?

–Sí, es maravillosa –contestó Taylor sentándose.

–Dante va a desayunar hoy con los hombres –comentó su madre–. Me ha dicho que, luego, vendrá a buscarte para llevarte a no sé dónde –añadió mirando a Ben.

–¿De verdad? –se maravilló el pequeño.

–Sí, eso me ha dicho –rió su abuela.

–¡Qué bien! ¿A qué hora va a venir a buscarme?

Graziella miró el reloj.

–A las ocho y media, así que tienes tres cuartos de hora para desayunar.

–Y para vestirte, ponerte crema solar y la gorra.

Al final, tuvieron tiempo de sobra. Tan de sobra que Taylor se sentó a esperar a Dante junto con Ben, que estaba tan nervioso que no podía parar quieto.

–¡Ahí está! –exclamó al verlo.

El Dante que apareció no tenía nada que ver con el sofisticado hombre de negocios que Taylor había conocido, pues llevaba ropa de faena, unos vaqueros desgastados, camiseta de algodón, botas cubiertas de polvo y un sombrero calado hasta los ojos, que apenas se le veían.

Mientras iba hacia ellos, Taylor se fijó en su cuerpo

y en sus brazos, aquellos fuertes brazos que la habían rodeado no hacía muchas horas.

¡Oh, Dios!

Al instante los recuerdos de sus besos y de su erección se apoderaron de ella. El deseo comenzó a correrle por las venas. Una parte de ella anhelaba lo imposible.

¿Cuándo le pediría Dante que contestara a su propuesta y qué le iba a decir? ¿Pues qué le iba a decir? Sí era una palabra muy sencilla, pero significaba dar mucho más de lo que estaba dispuesta a dar.

Significaba vivir y compartir con un hombre para el que casarse era un asunto de conveniencia aunque lo negara.

¿En qué se convertiría si accedía a casarse con él? ¿En una mujer florero que viviría en una casa muy bonita y dispondría de todo el dinero del mundo? ¿En una mujer que tendría que contentarse con que su marido le hiciera caso solamente cuando quisiera?

Por otro lado, ¿cómo iba a darles la espalda a los deseos de su hermana? ¿Cómo iba a hacer que la vida de Ben tuviera que transcurrir entre dos hogares? Precisamente para evitar aquello, había accedido a irse a vivir a la casa que Dante tenía en Sidney y precisamente por eso también estaba en aquellos momentos en Italia.

Sin embargo, dar un paso más y aceptar la propuesta de matrimonio de Dante... era una locura inconcebible... ¿no?

–Buenos días.

Al oír la voz de Dante, Taylor dio un respingo y abrió los ojos.

–Hola –lo saludó sonriente.

Quizás, demasiado sonriente. Taylor se dijo que tenía que disimular, actuar. Al fin y al cabo, ¿no era eso lo que llevaba haciendo desde hacía cinco o seis semanas, desde que había quedado con Dante en Sidney para hablar de su sobrino?

–¿Nos vamos? –preguntó Ben riéndose cuando Dante lo alzó en volandas y se lo colocó a caballito sobre los hombros.

–Veo que te has vestido para trabajar –bromeó.

–¡Sí! –exclamó el pequeño.

–Pues vamos a ver qué están haciendo los hombres.

Taylor se quedó mirándolos mientras se alejaban. Hombre y niño, ambos vinculados por la sangre de la familia de d'Alessandri, unidos por un lazo de amor, destinados a compartir el futuro y la vida.

Taylor se dijo que podría compartir la vida con ellos también si quisiera. Todo dependía de ella.

De momento, tenía que terminar una novela, así que decidió dejar de pensar en aquellos asuntos y concentrarse en el trabajo.

–Graziella, me voy a ir al despacho a trabajar unas horas –le dijo a la madre de Dante, que se estaba tomando el tercer café del desayuno.

–Muy bien, querida –contestó Graziella–. Nos vemos a la hora de comer.

En la biblioteca era fácil trabajar, así que Taylor abrió los archivos del día anterior, los repasó y se lanzó a escribir.

Tenía buenas ideas en la cabeza, pero no le estaban fluyendo con naturalidad. El diálogo no tenía ritmo. Y todo se debía a que no podía dejar de pensar en Dante.

Al cabo de diez minutos, maldijo, tomó aire profundamente, flexionó los dedos y lo apartó de su mente. A partir de entonces, los dedos volaron sobre el teclado y consiguió escribir unas cuantas páginas.

Frunció el ceño cuando oyó que llamaban a la puerta y, al girarse, descubrió que era Dante. Se había cambiado y se había puesto unos vaqueros negros y una camisa blanca.

–La comida está lista –anunció.

¿Ya era la una del mediodía? Taylor guardó lo que había hecho, apagó el portátil y lo cargó en una mano.

–Gracias –le dijo yendo hacia la puerta.

Tuvo que pararse porque Dante no se quitó para dejarla pasar y lo miró sorprendida cuando alargó el brazo y le apartó de la cara un mechón de pelo. Dante se preguntó si Taylor sería consciente de que estaba frunciendo el ceño y de que se le había acelerado el pulso. Lo sabía porque se veía en la base de su garganta. Le entraron ganas de besarla en aquel mismo lugar, pero se limitó a sonreír.

–¿Te ha cundido la mañana?

Taylor no quería percibir el aroma de su jabón mezclado con el olor de su piel masculina, pero no pudo evitarlo.

–Sí, gracias –contestó educadamente, sintiéndose profundamente aliviada cuando Dante se apartó para dejarla salir.

Durante la comida, a base de pasta y fruta fresca que degustaron en el invernadero, Ben no dejó de hablar.

–Las uvas están muy grandes y el tío dice que están madurando bien. Me gustaría quedarme para la cosecha. Dante ha dicho que, a lo mejor, el año que viene.

–Desde luego, te has convertido en su héroe –le dijo Taylor a Dante mientras subían las escaleras después de comer para echarse la siesta.

–Pero no en el tuyo –contestó él de manera indolente.

Taylor aceleró el paso y se metió en su habitación con Ben. Mientras el niño se echaba la siesta, estuvo trabajando un rato más sentada encima de la cama. Cuando Ben se despertó, fueron a ver a los gatitos y, luego, se pusieron a jugar al balonmano, riéndose a carcajadas cuando uno de los perros decidió unirse a ellos.

Así los encontró Dante, que se quedó mirándolos unos minutos en silencio, sonriendo al ver que Ben intentaba hacerle trampas a su tía, que agarró la bola, se giró, salió corriendo y se chocó contra algo duro.

Taylor se dio cuenta de que se trataba de una persona porque la agarraba de los hombros para que no se cayera. Estaba a punto de pedir perdón cuando se dio cuenta de quién se trataba.

–¡Dante! –exclamó Ben corriendo hacia su tío–. ¿Quieres jugar?

–¿Dos contra uno? –contestó Dante–. Venga, está bien.

A pesar de estar en desventaja numérica, Dante era mucho más fuerte y estaba más en forma que ellos. Hubiera podido ganar fácilmente, pero no lo hizo.

–Se terminó el partido –anunció Taylor cuando Ben marcó el último tanto.

Entonces, se dio cuenta de que Dante ni siquiera había sudado.

–Tío, ¿si Taylor viene conmigo, puedo ir a la piscina después de tomar un refresco?

–Sólo si tu tía va contigo. Ya sabes que no puedes ir solo a la piscina.

–Sí, ya lo sé –contestó Ben obedientemente.

–Muy bien. Nos vemos a la hora de cenar.

Así que Taylor y Ben se dirigieron a la piscina. Fue una buena manera de terminar la tarde. Después de nadar un rato, se ducharon, se cambiaron de ropa y estuvieron viendo la televisión hasta que llegó el momento de bajar a cenar.

Capítulo 9

A PARTIR de aquel día, Dante se llevaba a Ben todas las mañanas mientras Taylor se quedaba trabajando en la biblioteca. Casi todos los días trabajaba también un rato después de comer, mientras su sobrino se echaba la siesta, y por la tarde estaban en la piscina y Graziella le enseñaba italiano a su nieto durante una hora.

Aquel día parecía uno más, pero durante la comida Graziella tuvo que ausentarse para atender el teléfono. Cuando volvió, lo hizo muy nerviosa y preocupada.

–¿Qué ocurre? –le preguntó Dante poniéndose en pie.

–Mi hermana Bianca –contestó su madre–. La van a operar esta tarde. Me tengo que ir para estar con ella.

–Por supuesto. Le voy a decir a Lena que te ayude con las maletas y yo mismo te llevaré a Florencia en coche –le dijo dándole un beso en la frente–, pero termina de comer.

Pero Graziella había perdido el apetito y Taylor se vio obligada a preguntarle si la podía ayudar en algo.

–No, cariño, gracias –contestó Graziella despidiéndose también de Ben–. Nos vemos dentro de unos días.

–Sí, abuela.

Un cuarto de hora después, Taylor y Ben despidieron a la *nonna* en la puerta principal mientras el 4x4 se alejaba con Dante al volante.

En la cena los dos estuvieron muy callados. Luego, Taylor le leyó a Ben un cuento, esperó a que se durmiera y se fue a la biblioteca de nuevo a trabajar unas horas.

Al ver que eran las doce de la noche, se estiró y decidió dejarlo ya. No podía tomar más café, pero le iría bien quedarse trabajando media hora más. Así le daría tiempo de terminar el capítulo que tenía empezado.

Cuando abandonó la biblioteca, comprobó que la intensidad de las luces de los pasillos se había reducido automáticamente y, cuando llegó al vestíbulo principal y vio a Dante cruzando hacia la escalera, dio un respingo.

Dante la vio y se paró para esperarla.

–¿Te has quedado a trabajar hasta tan tarde?

Parecía cansada, tenía ojeras y era fácil ver que se había pasado los dedos por el pelo varias veces.

–Sí.

A Dante le pareció que la voz de Taylor sonaba más grave que en otras ocasiones y tuvo que hacer un gran esfuerzo para no convertir su cautela en otra cosa.

Sabía perfectamente que bajo aquella fachada de control había mucha pasión y él quería romper la envoltura de hielo que recubría el corazón de Taylor y llegar hasta el fuego, pues estaba seguro de que había mucho fuego dentro de ella.

Dante sabía perfectamente por experiencia que había que tener un buen plan para conseguir un objetivo. En aquella ocasión, tenía que hacer gala de mucha paciencia, y no tenía ningún problema porque la tenía de sobra.

De todas formas, no se engañaba a sí mismo. Sabía perfectamente que no le costaría nada tomar a Taylor en brazos y llevársela a su cama, desnudarla y hacerle el amor lentamente, dormir junto a ella, abrazándola, y volver a hacerle el amor al amanecer.

Pero, de momento, tenía que conformarse con mucho menos.

–¿Qué tal está tu madre? –le preguntó Taylor educadamente, pues necesitaba hablar de cualquier cosa para romper la tensión emocional que se había instalado a su alrededor.

–La operación de su hermana ha salido bien.

–Me alegro –comentó Taylor sinceramente.

A continuación, se dijo que tendría que irse a toda velocidad, pero no le dio tiempo porque Dante le tomó el rostro entre las manos y la besó apasionadamente. Taylor protestó, haciendo que Dante se apartara, y se quedó mirándolo a los ojos.

Dante sonrió encantado.

–Vete a la cama antes de que te lleve a la mía –le dijo.

Taylor lo miró sorprendida y se apresuró a subir las escaleras. Al llegar a su habitación, comprobó que tenía la respiración entrecortada.

La ausencia de Graziella se notaba, sobre todo, durante las comidas. Ben no parecía darse cuenta de los esfuerzos que hacía su tía para que las conversaciones que tenían lugar durante el almuerzo y la cena fueran de lo más ingenuas.

Durante los desayunos estaba mucho más tranquila, pues Dante no desayunaba con ellos, sino que pasaba más tarde a recoger a Ben, momento que Taylor aprovechaba para servirse otro café y retirarse a la biblioteca con su ordenador portátil.

Pronto sus vacaciones en el campo terminarían, volverían a Florencia e, inevitablemente, volverían a Sidney algún día.

Por una parte, Taylor echaba de menos su ciudad. Sobre todo, el poder quedar con su amiga Sheyna para tomar café y charlar, pero, por otra, había algo en aquella casa de campo que le encantaba, que la hacía sentirse viva, y era consciente de que le iba a dar pena marcharse.

Unas cuantas noches después, tras haber acostado a Ben, Dante le pidió que bajara con él a la biblioteca.

–¿Los dos? –se sorprendió Taylor.

–¿Algún problema? –sonrió Dante.

«Sí», pensó Taylor.

–No, claro que no –mintió sin embargo–. Ben está fenomenal. Venir aquí ha sido fabuloso para él –comentó mientras bajaban.

–Estoy completamente de acuerdo –contestó Dante mientas abría la puerta de la biblioteca para dejarla pasar.

Una vez dentro, se dirigió a una mesa, se apoyó en ella y se quedó mirando a Taylor.

–Para podernos casar civilmente en Italia tenemos que presentar ciertos documentos –le dijo muy tranquilo.

Taylor sintió que el corazón le daba un vuelco.

–No recuerdo haberte dicho que me fuera a casar contigo.

–¿Prefieres que nuestra relación siga adelante sin estar casados?

–Entre nosotros no hay ninguna relación.

–¿Ah, no? ¿Y cómo lo llamarías tú? ¿Te crees que no me doy cuenta de cómo reaccionas cada vez que te beso? ¿Te crees que no me doy cuenta de cómo te tiembla el cuerpo entero? Se te acelera el corazón cada vez que estoy cerca de ti. Lo sé perfectamente y también sé que quieres acostarte conmigo. Lo sé porque yo también quiero acostarme contigo.

Taylor tragó saliva.

–Así que tú eliges –continuó Dante–. Podemos hacerlo a escondidas o abiertamente, legalizando nuestra unión.

Taylor había pensado muchas veces en el asunto del matrimonio.

–No quiero dormir contigo –comentó.

–¿Cuando dices dormir te refieres a acostarte conmigo? –bromeó Dante–. ¿Quieres que te demuestre que eso no es verdad?

Taylor estaba segura de que Dante podía excitarla hasta límites insospechados, pero no estaba tan segura de poder relajarse lo suficiente como para vencer el miedo que la acompañaba desde hacía casi dos años.

Entonces, se le ocurrió que lo mejor era contarle lo ocurrido cuanto antes para que las consecuencias de aquella maldita agresión no surgieran en el momento más inoportuno.

–Te quiero contar una cosa –le dijo cerrando los ojos–. Tengo ciertos problemas a la hora de intimar con un hombre –anunció abriéndolos de nuevo.

A continuación, tomó aire profundamente y se lanzó a contarle lo que había sucedido, pero lo hizo de manera muy breve. Dante la miraba muy serio. Era evidente que estaba enfadado.

–¿Qué te hizo?

Pues le había hecho unos cuantos moratones, le había roto un par de costillas, una cadera y dos dedos.

–Da igual, lo importante es que sobreviví.

Dante se quedó mirándola mientras una miríada de emociones se reflejaban en el rostro de Taylor.

–¿Te tuvieron que ingresar? –le preguntó con ternura.

–Sí.

Al pensar en el dolor físico y emocional que debía de haber sufrido Taylor, sintió que se lo llevaban los demonios.

–¿Y cómo es que yo no sabía nada de esto? –se extrañó.

–Cuando sucedió, tu hermano estaba de viaje y yo le hice jurar a Casey que no diría nada –contestó Taylor mirándolo a los ojos y adelantándose a la pregunta que sabía que le iba a hacer–. No, no me violó.

Dante pensó que debió de estar cerca, pues, de lo contrario, no se explicaba la desconfianza que Taylor sentía hacia los hombres.

Se acercó a ella lentamente, le tomó el mentón entre los dedos pulgar e índice y la miró a los ojos.

–Si te crees que esto me hace cambiar de opinión, te equivocas –le dijo acariciándole el labio inferior.

Taylor no podía articular palabra.

–Necesito tiempo –consiguió decir.

Dante negó con la cabeza.

–El tiempo no cambiará nada –le dijo.

–¿Y por qué quieres que nos casemos aquí?

–Por mi madre. Le haría mucha ilusión.

–Dante...

–*Cara*, sólo voy a aceptar un sí por respuesta, así que dilo.

Taylor lo dijo aunque sin mucha convicción.

Pronto descubrió que organizar una boda íntima no tenía nada de sencillo. Dante había iniciado los trámites necesarios para conseguir los documentos que les pedían para poder casarse.

Cuando le dijeron a Ben que se iban a casar, el niño se mostró muy entusiasmado, lo que hizo que Taylor se quedara muy tranquila.

Al principio, Graziella le dijo a su hijo que deberían casarse en una iglesia de Florencia, pero, al final, no tuvo más remedio que ceder y contentarse con una ceremonia civil muy pequeña que tendría lugar en la finca y a la que sólo acudiría la familia inmediata y el personal de servicio.

Bruno y Mariangela se iban a hacer cargo del *catering* y Taylor se escapó un día a Florencia con su futura suegra para elegir el vestido de novia.

Adquirió un vestido sin mangas de seda color crema que marcaba sus curvas y le llegaba por los tobillos, con escote abierto y una chaqueta de encaje de mangas anchas.

A Taylor le pareció perfecto y lo combinó con unas sandalias de tacón de raso color crema y con un velo en el mismo color para dar gusto a Graziella.

–Llevarás mis perlas –le dijo la madre de Dante–. Estarás preciosa.

Tal y como le había dicho Dante que hiciera, se pasó por una joyería donde el propietario le miró la mano atentamente, le midió el dedo anular y realizó diversas anotaciones antes de asegurarle que los anillos serían enviados al señor d'Alessandri en persona.

Tras dejar a las mujeres haciendo las compras, Dante se había llevado a Ben a un museo. Habían quedado para cenar en un restaurante.

Los primeros en llegar fueron Dante y Ben y, cuando las vieron llegar, se levantaron para saludarlas. Dante dio a Taylor un beso en la mejilla y otro a su madre.

–¿Se os han dado bien las compras? –les preguntó tras pedirle a un camarero que se hiciera cargo de las numerosas bolsas que llevaban las dos.

–Sí –contestó Graziella entusiasmada–. Le tienes que hacer entender a Taylor que en la familia d'Alessandri los esposos pagan la ropa de sus mujeres y todo lo demás.

–Yo tengo mi dinero –contestó Taylor con firmeza a pesar de que Dante le había entregado una tarjeta de crédito.

El sumiller les presentó una botella de champán, la abrió de manera profesional y se lo sirvió junto con una limonada para Ben.

Tras realizar la comanda, degustaron la maravillosa comida, charlaron animadamente y se retiraron cuando Graziella comenzó a presentar signos de estar cansada.

Eran casi las once cuando dejaron a la madre de Dante en su casa, se tomaron un café con ella y pusieron rumbo a la finca. Una vez en el coche, Dante puso un CD, Taylor echó la cabeza hacia atrás, cerró los ojos y dejó que la música la arrullara.

Ben se había quedado dormido en el asiento de atrás.

Taylor pensó que en menos de cuarenta y ocho horas se habría convertido en Taylor d'Alessandri, la esposa de Dante. Una semana después de casarse, volverían los tres a Sidney y la vida volvería a ser normal.

Taylor suspiró encantada.

Se despertó cuando sintió que el coche se había detenido y comprobó, al abrir los ojos, que ni Dante ni Ben estaban dentro. Cuando se disponía a bajarse, vio a Dante saliendo de la casa. Cuando la vio, se apresuró a acercarse a ella y a tomarla en brazos.

–Eh, que puedo andar solita –protestó Taylor.

Dante entró en casa, conectó la alarma y comenzó a subir las escaleras. Taylor sonrió encantada.

–Bájame –le dijo.

–Ahora mismo.

Taylor sentía el latido del corazón de Dante y percibía el aroma de su colonia. De repente, le entraron unas ganas terribles de morderle el cuello, pero no lo hizo porque sería como una invitación.

Dante la dejó en el suelo justo frente a la puerta de la habitación de Ben. Tras comprobar que estaba dormido, salieron de nuevo al pasillo y se quedaron cerca de la puerta de la habitación de Taylor.

Taylor abrió la boca para desearle buenas noches, pero no pudo hacerlo porque Dante se apoderó de sus labios y la besó con pasión. Taylor tuvo la sensación de que estaba atrapada en un huracán y decidió disfrutar de la sensualidad del momento.

Cuando Dante se apartó, la miró con ojos preñados de deseo.

–Invítame a pasar o dime que me vaya.

Taylor se moría por acostarse con él, le apetecía abrir la puerta de su habitación, tomarlo de la mano y meterlo dentro, desabrocharle la camisa, el cinturón, desnudarse ella también y sentir el calor y la pasión de su cuerpo.

Taylor lo miró a los ojos y sintió que le temblaban los labios, pero no pudo hablar porque se le había formado un nudo en la garganta.

Dante comprendió, se despidió de ella con un beso en la frente, se giró y cruzó el pasillo en dirección a su habitación.

Capítulo 10

EL DÍA de la boda transcurrió, más o menos, exactamente igual que los demás, desayunando en la terraza con Ben y con Graziella, a la que Dante había recogido la noche anterior en Florencia.

Habían colocado un templete espectacular sobre el césped y la experta en flores tenía que llegar de un momento a otro para encargarse de la decoración. Había sido imposible convencer a Graziella para que no pusiera un toque romántico, lo que a Taylor le resultó de lo más extraño, pues era evidente que la madre de Dante tenía que saber que aquel matrimonio no se celebraba por amor.

La ceremonia estaba prevista para las seis. A continuación, se serviría un cóctel y una cena y los recién casados se irían a pasar el fin de semana a un hotel de lujo de Florencia mientras Graziella se quedaría en la villa al cuidado de Ben.

El día fue progresando y con él la actividad tanto dentro como fuera de la casa, donde colocaron una alfombra que llevaba a modo de pasillo hasta el templete lleno de flores y varias hileras de sillas a los lados. El aroma de la comida que estaban preparando Bruno y Mariangela en la cocina comenzó a invadirlo todo y el personal de la casa preparó la terraza para la recepción.

Afortunadamente, tanta actividad le impedía a Taylor pensar y, en los pocos momentos que pudo hacerlo, se dijo que casarse con Dante era la mejor opción que tenía.

Aun así, por mucha lógica que le quisiera poner al asunto, estaba muy nerviosa y, de hecho, cuando se retiró a su suite para vestirse, estaba hecha un manojo de nervios. La ducha la ayudó, pero tuvo que pintarse los labios dos veces porque le temblaba el pulso.

–Pareces una princesa –comentó Ben cuando fue a buscarla para llevarla hasta el altar.

Taylor lo abrazó con cariño.

–Y tú debes de ser el príncipe –le dijo agarrándolo de la mano.

–Dante me ha dado los anillos –le dijo el pequeño muy solemne–. Los tengo en el bolsillo.

–En ese caso, vamos allá.

Y dicho y hecho bajaron las escaleras. En el vestíbulo, los estaba esperando Graziella.

–Estás preciosa, querida –le dijo sinceramente, acercándose y tomándola de las manos–. Vas a ser muy feliz.

–Gracias –contestó Taylor avanzando hacia el templete.

Tuvo que hacer un gran esfuerzo para mantener la compostura y los nervios a raya.

Estaba tan nerviosa que apenas oía la música. Había invitados sentados a ambos lados de la alfombra por la que avanzaba, pero Taylor sólo veía al hombre que la estaba esperando y que en breves minutos se convertiría en su marido.

La ceremonia resultó de lo más sencilla.

En un abrir y cerrar de ojos, estaba recibiendo las felicitaciones de los presentes, momento que Dante aprovechó para besarla en los labios, haciendo que Taylor se sonrojara.

A continuación, se reunieron todos en la terraza donde corrió el champán. Taylor sonrió cuando Dante tomó a Ben a hombros. Al cabo de un rato, lo bajó para que se fuera a jugar con los niños que había, que eran los hijos y las hijas del personal de servicio.

Taylor no se podía creer que llevara un diamante en el dedo anular de la mano izquierda.

Dante no se separó de ella ni un solo momento mientras Graziella se ocupó de los invitados y de los niños hasta que llegó el momento de sentarse a cenar y Mariangela y Bruno sirvieron la comida que estuvo compuesta por *gnocchi* en salsa de champiñones, pechugas de pollo al vino con romero y guarnición de verduras, sorbete de limón y un maravilloso tiramisú.

Y, por supuesto, una llamativa tarta.

Después de cenar, retiradas las mesas, pusieron música y hubo baile. Taylor bailó con Dante y sintió el calor de su cuerpo.

De repente, llegó el momento de despedirse de los invitados y de acostar a Ben, que estaba exhausto.

–No tardo nada –comentó Taylor entrando en su habitación mientras Dante la esperaba.

Tenía la maleta preparada y sólo tenía que meter unas cosas de última hora. La ropa que había elegido para ponerse para ir al hotel estaba colgada en una percha, esperándola.

–¿Necesitas que te ayude?

–No, gracias –contestó Taylor nerviosa, agarrando la percha y metiéndose en el baño.

No tardó mucho en ponerse el clásico traje pantalón color verde esmeralda y las elegantes sandalias, volverse a pintar los labios y aparecer de nuevo en el dormitorio.

–¿Nos vamos? –le preguntó Dante.

Taylor se obligó a sonreír.

–Sí.

Dante agarró su maleta, la dejó pasar primero y la siguió.

A Taylor, el trayecto hasta el hotel se le hizo largo, pero corto a la vez. Una contradicción que debía de ser producto de los increíbles nervios que estaba sintiendo y que no hicieron sino acrecentarse cuando Dante paró el coche ante la puerta del establecimiento.

Se trataba de un edificio enclavado en un lugar muy tranquilo. En recepción, les dieron la bienvenida, se encargaron de su equipaje y les llevaron a su preciosa suite.

Cuando el botones se fue cerrando la puerta suavemente, se quedaron a solas.

Dante se quitó la chaqueta, se desabrochó la corbata y el primer botón de la camisa y Taylor se fue poniendo cada vez más nerviosa.

–¿Por qué no te pones cómoda?

Taylor no creía que fuera a poder estar cómoda en mucho tiempo.

Dante se preguntó si se daría cuenta de que parecía un cervatillo asustado al que han sorprendido los faros de un coche en mitad de la noche.

La miró a los ojos y se acercó a ella. A continuación, procedió a quitarle las horquillas que llevaba en el pelo y, cuando la melena quedó suelta, le apartó un mechón detrás de la oreja.

–¿Por qué no te cambias de ropa? Ponte el pijama y nos relajamos un rato.

Era más de medianoche y lo único que Taylor quería hacer era meterse en la cama y dormir. Claro que el problema era que sólo había una cama. Sí, era muy grande, pero la iba a tener que compartir con Dante.

Taylor se dijo que había consentido en casarse con él y que ahora tenía que estar a la altura de las circunstancias, así que decidió darse una ducha de agua caliente para tranquilizarse.

Estaba dentro de la ducha, disfrutando de cómo el agua caliente recorría su piel y del delicado perfume del jabón de rosas cuando oyó un ruido que la hizo abrir los ojos sorprendida y su sorpresa fue en aumento porque Dante se había metido en la ducha con ella.

–No puedes... –protestó.

Dante le quitó el jabón de la mano y se colocó detrás de ella, pasándole la barra de jabón por los hombros y la espalda.

A continuación, la giró y la colocó de frente a él.

–¿Qué te crees que estás haciendo? –le espetó Taylor.

–Enjabonarte –contestó Dante con naturalidad.

–Puedo hacerlo yo solita –protestó Taylor intentando quitarle el jabón de las manos, pero sin conseguirlo.

–No he terminado.

–Por favor... –imploró Taylor mientras Dante dibujaba el contorno de sus pechos con el jabón.

A continuación se deslizó hasta su tripa.

–Para ya –insistió Taylor.

Pero Dante deslizó la pastilla entre sus piernas y sobre su clítoris con maestría.

Taylor sintió que una sensación de profundo placer se apoderaba de ella y tuvo que hacer un gran esfuerzo para no derretirse allí mismo.

Dante continuó acariciándole la entrepierna mientras se apoderaba de su boca, haciéndola gritar de placer cuando el primer orgasmo de la noche la recorrió de pies a cabeza.

Dante se apartó, la miró a los ojos, sonrió y le puso el jabón en la mano.

–Te toca –le dijo.

–Pero yo no sé...

–Es muy sencillo –insistió Dante tomándole la mano y guiándola hacia su pecho.

A lo mejor para él, pero para Taylor se estaba haciendo cada vez más tortuoso recorrer aquel cuerpo fuerte y musculoso. Dante se giró y se colocó de espaldas a ella. Taylor rezó para que no se diera cuenta de que temblaba mientras le enjabonaba los hombros, la espalda, la cintura y las nalgas.

Cuando Dante se volvió a girar hacia ella, Taylor comprobó que la miraba con pasión, lo que, por una parte, la asustó y, por otra, la fascinó.

Dante volvió a apoderarse de su boca y sus lenguas danzaron unidas hasta que el deseo se hizo tan intenso que le subió una pierna y se introdujo en su cuerpo.

Taylor gritó y Dante sintió que su glande se había encontrado con una membrana. No se lo podía creer.

–¿Por qué no me lo has dicho? –se sorprendió.

–Porque no me habrías creído –contestó Taylor.

Dante cerró los ojos y suspiró.

–Habría ido más despacio.

Taylor se encogió de hombros mientras Dante cerraba el agua. A continuación, alargó el brazo y le dio una toalla mientras él se secaba con otra y se la colocaba a la cintura. Dante la agarró en brazos, lo que la tomó completamente por sorpresa, y la llevó a la cama.

–¿Pero qué haces?

–Llevarte a la cama –contestó Dante apartando las sábanas y dejándola sobre el colchón.

–Dante...

–Confía en mí –le dijo besándola con exquisita lentitud hasta que consiguió que Taylor lo besara también.

Dante comenzó a besarla por las mejillas, en el lóbulo de la oreja, se deslizó por su cuello y percibió que Taylor se iba excitando, así que comenzó a acariciarle un pecho y, cuando tomó entre el dedo pulgar y el índice el pezón y comenzó a dibujar círculos, la oyó gemir.

Hizo lo mismo con el otro pecho y, a continuación, recorrió el mismo camino con la boca. En aquella ocasión, Taylor no pudo reprimir un grito de placer. Era tal la intensidad de lo que estaba sintiendo que se encontró arqueando la espalda y moviendo la cabeza de un lado a otro.

No contento con aquella reacción, Dante se deslizó hasta su ombligo, permaneció deambulando por su tripa un rato para, a continuación, dirigirse a su entrepierna. Taylor ahogó una exclamación e intentó agarrarlo del pelo, pero Dante ya había encontrado lo que buscaba.

Taylor se dijo que no iba a hacer lo que ella creía que iba a hacer, pero vaya si lo hizo. Taylor sintió que su clítoris cobraba vida y se dejó llevar por la espiral de placer que la recorrió. Dante la abrazó durante todo el proceso, pero no le permitió recuperarse del todo y ya estaba lamiéndola de nuevo.

Taylor, que jamás hubiera pensado que iba a poder aguantar tanto placer, se encontró deseando más y más y abrazando a Dante cuando se colocó sobre ella y se introdujo en su cuerpo.

–Mírame –le dijo Dante mientras comenzaba a moverse en el interior de su cuerpo.

Taylor lo miraba con las pupilas completamente dilatadas y comenzó a moverse a su ritmo. Dante vio exactamente el momento en el que la espiral de placer comenzaba a apoderarse de ella de nuevo y llegaron juntos y al unísono al orgasmo.

Taylor disfrutó de las sensaciones durante un buen rato y no dijo nada cuando Dante la tapó con las sábanas y la tomó entre sus brazos.

No se le ocurría ninguna palabra para resumir lo que había vivido. Sentía una inmensa alegría y mucha unión.

–Gracias –le dijo sinceramente.

–De nada –contestó Dante besándola en la sien.

Taylor le colocó la mano en el pecho y se quedó dormida sintiendo el latido de su corazón.

A la mañana siguiente, se despertó al oler café recién hecho, se estiró, sintió cierto dolor entre las piernas, abrió los ojos, miró a su alrededor y recordó lo que había sucedido.

–Buenos días.

Al alzar la mirada, se encontró con Dante, que la miraba sonriente.

–Buenos días –contestó apartando las sábanas y volviéndose a tapar al instante al comprobar que estaba desnuda.

–¿Buscas esto? –le dijo Dante entregándole su bata.

Taylor se la puso con toda la dignidad de la que fue capaz.

–¿Me vas a venir ahora con vergüenzas? –se burló Dante–. Te recuerdo que he recorrido todo tu cuerpo.

–Sí, ya lo sé, pero... yo no tengo tanta soltura como tú en estos temas –contestó Taylor.

Aquello hizo reír a Dante.

–¿Quieres un café? He pedido el desayuno y no creo que tarden demasiado en subirlo –le dijo tomándola de la mano–. Has dormido bien, ¿eh?

Taylor asintió. ¿Cómo no iba a dormir bien cuando su cuerpo estaba relajado y contento después de sus caricias? El sexo que habían compartido había sido del bueno y había sido maravilloso.

Taylor pasó al baño y, cuando salió, vio que había un camarero dejando el desayuno sobre la mesa. Olía de maravilla, así que se sentó en una silla cómodamente y disfrutó del panorama. Café, zumo, tortilla de setas, tostadas de pan recién hecho, mermeladas, varios tipos de fruta... todo un banquete.

–¿Qué quieres que hagamos hoy? –le preguntó Dante sentándose frente a ella.

Al hacerlo, Taylor no pudo evitar fijarse en su boca, aquella boca que había recorrido todo su cuerpo... el mero recuerdo la hizo estremecerse de placer.

Dante observó que lo estaba mirando, la miró a los ojos y se dio cuenta de que se le había acelerado el pulso porque Taylor se llevó la mano a la base de la garganta para ocultarlo, lo que le hizo sonreír.

–¿Qué te apetece hacer? –le volvió a preguntar.

–Me gustaría ir al mercado de San Lorenzo –contestó Taylor con la idea de comprar regalos para sus amigas.

–¿Quieres que juguemos a los turistas?

–Si no te importa...

En realidad, Dante no había hecho aquello jamás, así que sería toda una novedad. Además, era la primera vez que una mujer elegía un mercado y no una boutique, así que sonrió encantado.

–Muy bien, me parece un plan estupendo.

A las diez, dejaron el hotel y salieron a la calle, donde brillaba el sol. Hacía un día precioso y Taylor se dijo que daba igual que no se hubieran casado por amor, que tenía que vivir el presente y disfrutar de lo que la vida le estaba dando.

Para Dante, ir al mercado resultó una experiencia fascinante. Tras pasar un par de horas mirando y comprando, eligieron un pequeño café para comer y, cuando terminaron, Taylor compró un par de cosas más y se fueron a pasear, deambulando por las callejuelas mientras Dante le contaba cosas sobre la ciudad.

Fue un día maravilloso, un día que Taylor jamás olvidaría.

–He reservado mesa para cenar en el hotel –le dijo

Dante una vez de vuelta en su suite–. Si quieres, nos duchamos, nos cambiamos y bajamos al bar a tomar una copa antes de cenar.

–Buena idea –sonrió Taylor.

Dante se acercó a ella y la besó de una manera tan apasionada que Taylor sintió un estado de efervescencia que no había experimentado nunca. La sensación se fue esparciendo por todo su cuerpo, Taylor le pasó los brazos por el cuello y lo besó, disfrutando de la necesidad que tenía de él.

Dante le tomó el rostro entre las manos, le acarició la mandíbula, deslizó sus manos hasta apoyarlas en los hombros de Taylor y, a continuación, se apoderó de sus pechos y comenzó a acariciarle los pezones.

Con facilidad, deslizó las manos por debajo de la camiseta de Taylor, se la quitó y le desabrochó el sujetador. Aquella mujer tenía un cuerpo precioso y unos pechos perfectos. Dante los acarició y siguió bajando hacia sus costillas, donde sintió una cicatriz.

Sin pensarlo, la acarició también. Al principio, Taylor levantó un brazo a la defensiva, pero pronto comprendió que no tenía nada que temer y lo bajó.

–¿El hombre que te atacó te dio patadas? –le preguntó Dante, que no quería imaginarse el dolor que tenía que haber sufrido.

Taylor cerró los ojos y asintió.

–¿Lo detuvieron?

–No.

La había atacado porque lo había sorprendido robando, pero se había perdido en la noche.

–¿Le viste la cara?

–Sí –contestó Taylor.

De hecho, jamás olvidaría aquel rostro.

–Santo cielo –suspiró Dante abrazándola con cariño.

La mantuvo abrazada durante unos minutos, hasta que Taylor se relajó, lo miró y sonrió.

–¿Cómo es posible que yo esté casi desnuda y tú no? –bromeó.

–Eso tiene fácil arreglo. Desnúdame –contestó Dante.

Debía de estar de broma.

–No me parece buena idea.

–Qué pena –se lamentó Dante–. ¿Qué te parece si pedimos al servicio de habitaciones que nos suba la cena?

–¿Y perdernos el arreglarnos y el ver a los demás huéspedes? De ninguna manera –contestó Taylor.

Dicho aquello, se dirigió al baño. Dante estuvo a punto de seguirla, pero, en aquel momento, lo llamaron al teléfono móvil y no tuvo más remedio que contestar al ver de quién se trataba. Tras mantener una rápida conversación en francés, colgó. Había un problema en París e iba a tener que ir a resolverlo personalmente el martes.

Al entrar en el baño, vio que Taylor estaba saliendo de la ducha, que se azoraba y se apresuraba a taparse con una toalla y aquello le hizo gracia porque la mayoría de las mujeres que conocía hubieran aprovechado el momento para provocarlo.

–¿Me enjabonas la espalda? –le preguntó.

–No creo que sea buena idea si queremos llegar a cenar –contestó Taylor haciéndolo reír.

–No cambies nunca, *cara* –dijo Dante metiéndose en la ducha.

Taylor recogió su ropa y salió al dormitorio, donde eligió la ropa que se iba a poner, un traje pantalón negro precioso, unas sandalias de tacón alto, collar de diamantes con pendientes a juego y un brazalete de oro que había pertenecido a su madre.

Mientras Dante salía del baño y se vestía, Taylor se dio crema hidratante en la cara, se puso un poco de colorete, un toque de pintalabios y algo de máscara en las pestañas, se recogió el pelo, eligió un bolso y salió de la suite en compañía de Dante.

El restaurante del hotel estaba acristalado por completo, tenía suelos de mármol y las mesas lucían unos preciosos manteles de hilo blanco.

El *maître* les dio las buenas noches con mucha reverencia, los llevó hasta su mesa y le indicó al camarero que se acercara para ver qué vino querían tomar.

–Ya habías estado aquí –comentó Taylor divertida.

–Un par de veces.

Otro camarero se acercó para tomarles la comanda. Taylor eligió un aperitivo y un plato principal y prefirió no tomar postre mientras que Dante eligió primer plato, pasta y una fuente de quesos con fruta.

Tanto el vino como la comida resultaron maravillosos, una buena manera de poner la guinda final a un día estupendo. Taylor había disfrutado mucho de aquella jornada y así se lo hizo saber a Dante mientras éste firmaba la factura.

–Ha sido un placer –le aseguró él.

Mientras subían a su habitación, Taylor pensó que le encantaría tener tanta confianza en sí misma como para atreverse a poseer el cuerpo de su marido y volverlo loco.

Una vez en su habitación, prefirió ponerse el pijama y desmaquillarse. Cuando se metió en la cama, Dante la estaba esperando, apagó la luz, la abrazó y se durmieron, pero al alba la despertó para hacerle el amor de manera tan lenta y evocadora que Taylor sintió que se iba desintegrar.

Capítulo 11

LLEGARON a Montepulciano a última hora de la tarde. Dante no había hecho más que apagar el motor cuando se abrió la puerta y Ben salió a recibirlos a la carrera.

–Hola –le dijo tomándolo en brazos y dándole vueltas en el aire.

–¡Habéis vuelto! –exclamó el pequeño.

Taylor rodeó el coche y se acercó a ellos. Ben cambió de brazos y la besó en la mejilla.

–Os he echado de menos –les aseguró–. ¿Lo habéis pasado bien?

–Sí, muy bien –le dijo Taylor–. Hemos estado en unos cuantos mercadillos y hemos salido a cenar –le explicó entrando al interior de la casa, donde Graziella les dio la bienvenida con afecto.

–Le voy a decir a Lena que nos sirva el té en la terraza dentro de media hora. Así, tendréis tiempo de deshacer el equipaje –le dijo a Taylor–. Ya le he dicho que trasladara tus cosas a la suite de Dante.

–Gracias.

–¿Os puedo ayudar a deshacer la maleta? –le preguntó Ben a Taylor.

–Claro que sí.

La suite de Dante era muy grande, contaba con una

cama enorme y con baño incorporado, un pasillo entero de armarios y un salón informal con varios sofás.

Dante llegó con las maletas y encontró a Ben sentado en el borde de la cama.

–Anoche tuve una pesadilla –comentó el pequeño mientras Taylor deshacía la maleta.

Estaba intentando no darle importancia, pero era evidente que lo había pasado mal, así que Taylor se acercó a él y se sentó a su lado.

–Soñé que no volvíais –le contó Ben.

Taylor sintió que el corazón le daba un vuelco.

–Todo va bien –le aseguró abrazándolo.

–Papá y mamá iban a volver y no volvieron –recordó Ben.

–Tuvieron un accidente, cariño –le recordó Taylor–. Un accidente de tráfico, ya lo sabes.

–Sí, pero no lo entiendo porque papá conducía muy bien, como Dante.

Dante se agachó a su lado.

–Te prometo que tendré siempre cuidado.

Ben se quedó pensativo.

–Muy bien –contestó muy serio–. Me desperté llorando, pero vino la abuela a consolarme, me contó un cuento y me volví a dormir.

–Pues esta noche te vamos a leer dos cuentos –le ofreció Taylor para animarlo.

–¿De verdad? ¿Los puedo elegir yo y me lees uno tú y otro Dante?

–Claro que sí –le aseguró Taylor–. ¿Quieres ver lo que te hemos traído?

–¿Me habéis comprado un regalo? –se entusiasmó el pequeño.

Taylor se acercó a la maleta, sacó un paquete envuelto en papel de regalo y se lo entregó. Ben rasgó el papel, abrió la caja y sonrió encantado, como Taylor sabía que lo haría cuando había comprado el gatito de porcelana.

–Es exactamente igual que Sooty –se maravilló Ben–. Tiene la misma mancha blanca en el hocico. ¿Crees que Rosie y Sooty me estarán echando de menos?

–Claro que sí.

Cuando bajaron a la terraza, Graziella estaba a punto de servir el té. Al cabo de un rato, Dante se excusó, pues tenía que ir a los viñedos y a la bodega. Aquello de hacerse cargo de una finca productora de vino tenía su aquél, pero le encantaba. Lo cierto era que le gustaría pasar cada vez más tiempo allí.

Se había casado y pronto podría decir que Ben era su hijo, pues los trámites de adopción ya estaban en marcha, así que la próxima generación d'Alessandri estaba asegurada.

Le apetecía pasar más tiempo con su familia, pero tenía que volar a París al día siguiente, el miércoles llevar a su madre a Florencia, el jueves viajar a Roma a primera hora, el viernes atender unos asuntos en las oficinas de Florencia, el sábado por la noche ir a una fiesta de gala en la ciudad y el domingo volver a Sidney con Taylor y con Ben.

Eran muchas cosas, pero era necesario estar a todas si quería que la empresa siguiera funcionando bien.

Estaba oscureciendo cuando volvió de la bodega, subió a su habitación a ducharse y a cambiarse de ropa para la cena. Taylor había elegido un conjunto precioso de color rosa y Dante le dijo lo mucho que le gustaba mientras observaba cómo se peinaba.

Durante un instante, estuvo a punto de sugerirle que se dejara el pelo suelto, pero no lo hizo porque, así, se daría el gusto de podérselo soltar él más tarde.

–¿Y Ben? –le preguntó.

–Con tu madre.

Dante se desabrochó la camisa y se la quitó. Taylor se quedó mirando su espalda, que le encantaba, aquella piel aceitunada, aquellos músculos bronceados. Al instante, sintió la imperiosa necesidad de acercarse a él y de abrazarlo, pero no lo hizo, siguió peinándose y, mientras Dante se desnudaba y se metía en el baño, terminó de maquillarse.

La cena transcurrió de manera relajada, acostaron a Ben y, tal y como le habían prometido, le leyeron dos cuentos. Luego, Dante le comentó a Taylor que necesitaba trabajar un rato en el despacho.

–No hay problema –le aseguró Taylor–. Yo también puedo aprovechar para irme a la biblioteca un par de horas.

¿Por qué iban a cambiar las cosas si su matrimonio no había sido por amor? Mientras iba a por su ordenador portátil, se dijo que no debía hacerse ilusiones, que debía aceptar que su vida, aunque ahora estuviera casada, iba a seguir siendo exactamente igual que antes.

¡A diferencia de que ahora podía disfrutar de la experiencia sexual de un hombre muy atractivo!

Taylor trabajó hasta que se le cansaron tanto los ojos que le costaba leer en la pantalla, guardó el archivo, apagó el ordenador y subió sin hacer ruido para ver si Ben estaba dormido. Tras comprobar que así era, se encaminó a la suite de Dante, que encontró vacía, así que se puso el pijama y se metió en la cama.

Se había quedado dormida en cuanto se acostó y ni siquiera se despertó cuando Dante se metió en la cama.

En algún momento durante la noche, comenzó a soñar que le acariciaban el muslo, la cadera y los pechos y suspiró.

–Qué gustó –murmuró cuando sintió unos labios en el cuello.

Unos dedos le acariciaron los pezones, que se endurecieron, y Taylor gimió cuando esos mismos dedos se deslizaron por su tripa hasta llegar a sus labios vaginales, increíblemente sensibles.

Taylor sintió que su cuerpo se arqueaba cuando aquella misma mano llegó a su clítoris y gritó cuando alcanzó el orgasmo.

La sensación fue tan intensa que se despertó por completo y se dio cuenta de que el sueño era realidad cuando Dante se apoderó de su boca.

Lo que ocurrió a continuación fue un festín de sensaciones, pues la condujo a placeres cada vez más refinados antes de unirse a ella en un orgasmo explosivo que los dejó a ambos con la respiración entrecortada y bañados en sudor.

A continuación, se quedaron tumbados, sin moverse hasta que el despertador de Dante comenzó a sonar. Dante se levantó, la tomó en brazos y se dirigió al baño.

–¿Qué haces? –se sorprendió Taylor.

–Quiero que te duches conmigo. Y, luego, te volveré a depositar en la cama mientras yo me visto y me tomo un café antes de ir al aeropuerto. Me tengo que ir a París.

–¿Te vas a París?

–Sí, pero volveré esta noche –contestó Dante metiéndola en la ducha y comenzando a enjabonarla.

–¿Qué planes tienes para esta semana? –le preguntó Taylor.

–¿Te parece esto una conversación de ducha?

–Es que como ya hemos hecho lo otro...

Dante la besó.

–Sí, tienes razón.

–Y, por cierto, me gustó mucho –dijo Taylor haciéndolo reír.

–Anda, aclárate y vete antes de que te demuestre que segundas partes siempre son buenas.

–Te recuerdo que no puedes perder el avión.

–Te recuerdo que estaré aquí esta noche.

Taylor salió de la ducha, se secó, se vistió, se cepilló el pelo y se lo recogió en una cola de caballo.

–¿Qué haces? –se extrañó Dante–. Apenas son las seis.

–Te voy a preparar un café.

–¿Y me vas a dar un beso de despedida?

Taylor fingió considerar la posibilidad.

–A lo mejor.

Dante el bodeguero fue reemplazado por Dante el sofisticado hombre de negocios. Tras tomarse un café solo bien fuerte, besó a Taylor, agarró su maletín y su ordenador portátil y se fue.

Mientras recogía la cocina, Taylor escuchó el motor del 4x4 que se ponía marcha y se alejaba. Cuando hubo terminado, volvió a su habitación y estuvo trabajando un rato. Después de desayunar, pasó el día con Ben y, por la tarde, preparó el equipaje para volver al día siguiente a Florencia.

Dante llamó un poco después para decir que iba a llegar de madrugada, así que Taylor se acostó después de meter a Ben en la cama. No se dio cuenta de a qué hora volvía Dante y, cuando se despertó a la mañana siguiente, él ya no estaba.

El piso de Graziella de Florencia se le antojó pequeño después de la amplitud de la finca. No había espacios abiertos para que Ben pudiera jugar, lo que obligaba a Taylor a estar mucho más pendiente de él para entretenerlo. Dante casi nunca estaba porque tenía mucho trabajo y las pocas noches que cenó con ellos tuvo que quedarse trabajando en el ordenador durante varias horas.

Cuando estaba en casa, le leía un cuento a Ben para que se durmiera, por supuesto, y Taylor aprovechaba las horas que su marido tenía que trabajar para terminar su novela.

En dos ocasiones hicieron el amor al amanecer. Después, se ducharon juntos, se tomaron un café y Dante se fue a la oficina. Aquel mismo patrón se repitió el sábado. A pesar de ser festivo, Dante tenía que trabajar aunque le prometió a su madre estar de vuelta a tiempo para ir a la fiesta benéfica de aquella noche.

Taylor se estaba terminando de maquillar cuando oyó que Graziella le hablaba con severidad a su hijo. Dante entró en su suite, se desvistió a toda velocidad, se duchó, se afeitó y se puso un traje de gala con corbata negra. A continuación, se acercó a Taylor y la besó en la boca.

–¿Y eso a qué se debe?

–A que me apetecía –contestó sonriente.

* * *

La fiesta benéfica se celebraba en un hotel de la ciudad y había muchos invitados. Se trataba de un evento organizado por una asociación de ayuda a niños minusválidos con la que cooperaba el grupo d'Alessandri.

Todos los hombres llevaban corbata negra y las mujeres lucían unos preciosos vestidos y muchas joyas.

Taylor no se separó de Dante y se dedicó a observar a los invitados. Una aprendía mucho de ese proceso de observación y sacaba muchas ideas para los personajes de sus novelas.

Dado que se habían casado hacía poco, mucha gente se acercó a darles la enhorabuena y Taylor sonrió y repitió la palabra *grazie* varias veces. Definitivamente, Ben y ella debían aprender italiano.

Taylor se fijó en que muchas mujeres guapas perfectamente vestidas y arregladas se acercaban y saludaban a Dante de manera un tanto exagerada. Tal vez, fuera su imaginación, pero aquello le hizo preguntarse cuántas relaciones habría tenido su ahora marido y con quién.

–Por lo visto, tienes muchas amigas –comentó mientras una preciosa pelirroja muy jovencita se alejaba tras saludarlo efusivamente.

Dante la miró y sonrió.

–¿Te molesta?

–¿A mí? ¿Por qué me iba a molestar?

En aquel momento, abrieron las puertas del salón en el que iba a tener lugar la cena y se les pidió a los invitados que enseñaran las invitaciones para poder acceder al mismo.

Dante le pasó el brazo por la cintura a su mujer, que

al instante se sintió excitada. Aquel hombre era muy sofisticado, pero, sobre todo, era de lo más sensual.

Se trataba de un hombre que podía volver loca a una mujer.

Todo el mundo conocía a Dante d'Alessandri, así que todo el mundo hablaba de la mujer que había elegido como esposa.

Los medios de comunicación estaban al corriente de la trágica muerte de Leon y de que había dejado un hijo huérfano. No era difícil concluir que el reciente matrimonio de Dante había sido para atar unos cuantos cabos legales.

Entonces, ¿por qué de alguna manera a Taylor le fastidiaba que no creyeran que se querían? No le apetecía ponerse a analizar las causas de aquel fastidio. Sabía que no debía cometer el error de confundir afecto con amor.

Si le entregaba el corazón a Dante, lo perdería irremediablemente.

–*Caro!*

La mujer que se dirigía a Dante de aquella manera ronroneaba de manera erótica, le pasó los brazos por el cuello y lo besó ignorando por completo a Taylor. Menos mal que Dante se apresuró a quitársela de encima. La recién llegada protestó, hizo una mueca de disgusto y le habló en francés.

–En inglés, Simone –le dijo Dante presentándole a Taylor–. Mi esposa, Taylor.

Unos ojos oscuros exquisitamente maquillados miraron a Taylor mientras su propietaria intentaba recuperar el habla.

–¿Tú esposa? –se indignó–. ¿Me he ido un mes a la

Provenza y te has casado? –añadió mirando a la afortunada–. Qué... pero... es increíble... sobre todo porque no me suena que Taylor fuera de tus... «conocidas», digamos.

–Tengo muchas amigas –contestó Dante sin inmutarse.

–Sí, pero unas lo somos más que otras, *n'est-ce pas?*

Dante se limitó a sonreír.

–Qué interesante –comentó Taylor una vez a solas, mientras iban hacia su mesa–. No me malinterpretes, no tengo intención de cuestionar tu activo pasado.

Aquello hizo reír a Dante.

La mesa que les había adjudicado ocupaba un lugar destacado y sus compañeros resultaron ser muy agradables. Taylor se fijó en que había una silla vacía. Cuando todo el mundo hubo ocupado su lugar, la presidenta de la asociación que organizaba la cena dio la bienvenida.

Cuando estaba terminando, la persona que faltaba por llegar ocupó su lugar. Se trataba, ni más ni menos, que de Simone. Sentar a la misma mesa a la esposa y a una antigua pareja de Dante era una broma de mal gusto.

Taylor se dijo que no le importaba y se dedicó a conversar con todo el mundo que, gracias a Dios, hablaba perfectamente inglés. Sin embargo, a medida que se fue desarrollando la velada, cada vez se fue haciendo más difícil ignorar cómo la francesa sonreía a su marido y se pasaba la lengua por el labio inferior.

Era evidente que aquellos dos habían tenido algo íntimo, pero Taylor se dijo que no era asunto suyo. Si Simone pretendía hacerla reaccionar, se iba a llevar una buena sorpresa porque no pensaba decir nada, así que se entusiasmó con la conversación que se había iniciado sobre fauna australiana e ignoró, no sin mucho esfuerzo, la actitud de la francesa.

No tenía derecho a disgustar ni a enfadarse. Se había casado con Dante por conveniencia, no por amor, para desempeñar los papeles de madre de Ben, anfitriona y compañera de cama. Todo lo demás era fantasía.

¿Se daría cuenta Dante de que el comportamiento de Simone la estaba afectando? Probablemente, no.

En ese preciso instante, Dante le agarró de la mano y entrelazó sus dedos con los de Taylor. Ella se giró lentamente hacia él y sonrió radiante. A continuación, se pasó la lengua por el labio inferior y vio cómo a Dante se le dilataba las pupilas. Luego, volvió a girar la cabeza y siguió su conversación con los demás.

La velada estaba tocando a su fin y Simone se puso en pie para despedirse y darle la estocada final a Taylor.

–Tienes mucha suerte –le dijo–. Dante es el mejor amante que he tenido jamás.

Taylor ni parpadeó. Se limitó a sonreír encantada y a mirar a la otra mujer a los ojos.

–Es fantástico, ¿verdad?

Dante se giró en aquel momento y se dio cuenta de que ocurría algo.

–La persona que disguste a Taylor tendrá que vérselas conmigo, ¿ha quedado claro? –le advirtió a Simone.

La francesa sonrió y le puso la mano en el antebrazo.

–Perfectamente claro –contestó–. *Ciao*, guapo –se despidió alejándose.

–¿Una de tus conquistas? –le preguntó Taylor mientras iban hacia la salida.

–Una relación muy breve y desprovista de todo significado.

–No hace falta que me des explicaciones.

–Puedes contar con mi fidelidad absoluta –le aseguró Dante.

Taylor tragó saliva y Dante se dio cuenta.

–Siempre –le aseguró.

Era tarde cuando llegaron a casa, así que Taylor se quitó los zapatos de tacón en la entrada y fue a ver qué tal estaba Ben, que dormía plácidamente. Satisfecha, se dirigió a su suite y se desvistió.

Dante fue hacia ella, se apoderó de sus pechos y comenzó a besarla apasionadamente.

–¿Y si te digo que me duele la cabeza? –bromeó Taylor.

–Te traigo una aspirina y seguimos –contestó Dante.

Taylor se rió y lo besó, estremeciéndose de placer al sentir su mano entre los muslos, explorando y dándole placer hasta hacerla gritar. Taylor estaba tan excitada que le quitó la chaqueta y con dedos temblorosos le desabrochó la camisa y el cinturón.

Dante dejó caer los pantalones al suelo, la tomó de las caderas y la colocó para recibir su miembro.

Taylor suspiró encantada, se aferró a sus hombros y disfrutó de sentir su erección dentro del cuerpo, comenzó a moverse al mismo ritmo que él mientras Dante la llevaba hacia la cama, donde se tumbaron ambos.

Sólo existían ellos dos y juntos alcanzaron el orgasmo. A continuación, cansados y sudorosos, se quedaron tumbados sin decir nada, abrazados. Fue un momento tan bonito que a Taylor le entraron ganas de llorar. Dante la tapó con las sábanas y la abrazó.

Taylor sentía su aliento en el pelo, cerró los ojos y se entregó al sueño.

A la mañana siguiente, se despertó oliendo a café recién hecho. Tras ducharse, desayunaron e hicieron el equipaje.

Despedirse de Graziella fue más difícil de lo que había imaginado y Dante tuvo que asegurarle que volverían pronto. Pero Ben no pudo contener las lágrimas en el taxi que los llevaba al aeropuerto.

Capítulo 12

ERA REALMENTE mágico ver Sidney desde el aire, la bahía, las playas, el puente y la famosa ópera.

Su hogar.

No tardarían mucho en llegar. Sabía que Claude estaría esperándolos para llevarlos a casa de Dante.

–¿Crees que Rosie se acordará de mí? –le preguntó Ben mientras se alejaban del aeropuerto en el Mercedes.

–Probablemente –contestó Taylor con cierta cautela, pues un mes de ausencia para un cachorro era mucho tiempo.

Sin embargo, en cuanto vio a Ben, la perrita se puso a lamerle las manos, a ladrar y a correr a su alrededor, haciéndolo sonreír. Desde aquel momento, lo acompañaba a todas partes.

En pocos días, la vida volvió a la normalidad. Dante se iba a trabajar temprano y volvía por las noches para cenar. De vez en cuando, llamaba para advertir que tenía mucho trabajo y llegaba más tarde.

Ben volvió a ir a la guardería tres veces por semana y Taylor escribió mucho. Durante los dos días que el pequeño pasaba en casa, fueron al parque, recibió clases de natación, visitaron un par de exposiciones y fueron al cine.

Dante compartía sus planes durante los fines de semana y las semanas se fueron sucediendo.

Compartir las noches con Dante era algo maravilloso, una experiencia sensorial y primitiva. El apetito de ambos no parecía tener fin. Taylor se repetía constantemente que entre ellos había una relación sexual muy buena, pero nada más.

Anhelar amor era como querer la luna, las estrellas y el universo entero, pero también se preguntaba cómo era posible que Dante le hiciera el amor de aquella manera si no sentía nada por ella. Claro que también cabía la posibilidad de que estuviera cegada por tanto sexo y no pensara con claridad.

Debía de ser eso.

Taylor dejó a Ben en la guardería y fue a reunirse con Sheyna para tomar un café. Hacía un día maravilloso. No le costó encontrar sitio para aparcar porque era bastante temprano, así que dejó el coche y se dirigió a la cafetería en la que habían quedado.

En cuanto la vio, Sheyna se puso en pie y le hizo una señal con la mano, Taylor fue hacia su mesa y se abrazaron.

–Tienes buen aspecto –le dijo su amiga sinceramente–. El sexo te sienta bien.

–¿Por qué dices eso?

–Porque tu marido tiene pinta de saber de esas cosas –contestó Sheyna poniendo los ojos en blanco.

–Prefiero no hablar de ello.

–¿Pedimos? –se rió Sheyna–. ¿Qué tal en Italia?

Taylor le habló de Florencia haciéndola suspirar de envidia.

–Dime que has ido de compras y que te has comprado cosas preciosas.

–Algo de ropa y unos cuantos regalos –contestó Taylor sacando una cajita del bolso–. Éste es para ti.

Sheyna se tomó su tiempo para abrir el paquete con cuidado.

–¡Es preciosa! –exclamó–. Realmente bonita. Perfecta –añadió poniéndose la preciosa pulsera que Taylor había comprado para ella–. Gracias, eres un encanto –añadió poniéndose en pie y dándole un beso en la mejilla–. ¿Qué tal estás? –le preguntó volviéndose a sentar.

Aquello era lo que tenía una amistad tan antigua, que no había que andarse con rodeos.

–Bien –contestó Taylor–. Ben se está acostumbrado a los cambios y mi novela va viento en popa.

–Muy bien, pero te he preguntado por ti –sonrió Sheyna.

–Echo de menos a Casey –confesó Taylor–. La echo mucho de menos. A veces, alargo el brazo para escribirle un mensaje de texto al teléfono móvil y, entonces, me doy cuenta de que ya no está –admitió con un nudo en la garganta–. El otro día fui sin darme cuenta a su casa y tuve que parar el coche –concluyó llorando.

–Supongo que habrás estado fingiendo alegría para que Ben no lo pasara mal y ahora te está pasando factura.

–Supongo.

–Anda, termínate el café, que nos vamos de compras.

–Pero si no necesito nada.

–No hace falta necesitar algo para ir de compras.

–Eres imposible.

–Por eso, precisamente, somos amigas. Se me ocurre que este lugar es perfecto para ir de compras –insistió Sheyna.

Se encontraban en un centro comercial en el que había filiales de las mejores marcas internacionales.

–Yo miro y tú compras.

–¿Tu marido es multimillonario y tú no te vas a comprar nada?

–Un armario más grande para meter ropa –contestó Taylor haciendo reír a su amiga.

–Lencería. Por mucha que tengas, nunca está de más.

Efectivamente, compraron lencería y lo pasaron muy bien, pero se les hizo tarde, así que se quedaron a comer juntas.

–¿Qué tal con Rafe? –le preguntó Taylor.

Sheyna no contestó.

–¿Sheyna?

–Se quiere casar conmigo.

–¿Y tú qué le has dicho?

Sheyna sonrió encantada.

–Que sí.

Taylor sonrió también y, a continuación, estalló en carcajadas, se puso en pie y abrazó a su amiga.

–Me alegro mucho por ti.

–Hay más. Mi madre quiere que sea una boda por todo lo alto, me va a disfrazar de princesa con velo y todo, quiere doce damas de honor y varios cientos de invitados. Vas a tener que estar a mi lado para que no me vuelva loca –le contó Sheyna sacudiendo la cabeza.

–Trato hecho. ¿Cuándo será la boda?

–¡El año que viene porque mamá necesita tiempo para organizarlo todo! A veces, se me pasa por la cabeza que deberíamos escaparnos y casarnos sin tanta tontería.

–Eres hija única. Si haces algo así, a tu madre le da un ataque.

Sheyna se rió, sacó la chequera del bolso y la puso sobre la mesa.

–Quinientos dólares... dime a nombre de quién hago el cheque.

Taylor tomó el cheque entre las manos y lo rompió.

–Olvídate de la apuesta. Lo importante es que seas feliz.

Tras tomarse un té, se despidieron con la promesa de volver a verse pronto.

En cuanto la vio a la salida de la guardería, Ben corrió hacia ella muy sonriente.

–¿Me has traído la bici? –le preguntó.

–¿Tú qué crees? –sonrió Taylor.

–Eres la mejor.

–*Grazie* –le dijo Taylor plantándole un beso en la nariz.

Compartieron unas horas maravillosas montando en bici, yendo a los columpios y tomándose un helado antes de volver a casa. Estaban volviendo al coche cuando sonó el teléfono móvil de Taylor y comprobó que era Dante.

–Hola –lo saludó.

–Hola, voy a llegar tarde –le explicó Dante–. He quedado con unos clientes.

–Así que no quieres que te esperemos para cenar, muy bien.

–Dale un beso a Ben de mi parte.

–Eso está hecho.

–*Ciao, cara.*

Eran casi las ocho cuando Ben se quedó dormido, Taylor se fue a su despacho con una taza de café, encendió el portátil y se puso a trabajar. La novela se le estaba dando bien, pero con el viaje a Florencia y todo lo demás iba un poco lenta. Para empezar, iba a tener que quedar con un policía para preguntarle ciertas cosas. Si quería escribir una buena novela de suspense, tenía que ser creíble.

Se metió tanto en el argumento y en los personajes que las horas fueron pasando sin que se diera cuenta. Cuando se le ocurrió mirar el reloj y comprobó que eran más de las doce de la noche, se preguntó dónde estaría Dante y si los famosos clientes irían acompañados por mujeres.

«¡Para!», se dijo.

Estaba muy cansada y decidió ir a nadar un rato a la piscina cubierta. La puerta estaba bloqueada, pero se sabía la combinación, así que, unos minutos después, estaba nadando. Al principio, el agua se le antojó un tanto fría, pero, al cabo de dos largos, estaba maravillosa.

Al cabo de un rato nadando, se dio cuenta de que Dante estaba sentado en una tumbona. Se había quitado la chaqueta y la corbata y se había remangado la camisa.

–¿Qué haces aquí? –le preguntó.

–Lo mismo te digo –contestó Dante poniéndose en pie.

–Me apetecía nadar.

–¿Sales ya?

–No.

Entonces, Dante se desabrochó la camisa y el cinturón.

–¿Qué haces? –se extrañó Taylor.

Dante se quitó los zapatos, los calcetines, los pantalones y el reloj y se acercó el bordillo.

–Me voy a meter en la piscina contigo.

Dicho aquello, se tiró de cabeza y buceó hasta ella.

–Estás loco –comentó Taylor antes de que Dante se apoderara de su boca.

–Tú lo has querido –le dijo Dante sonriendo.

–Es tarde y estoy cansada.

–No hay problema, lo haré todo yo –comentó Dante de manera inequívoca.

A continuación agarró a Taylor en brazos, la sacó de la piscina y la llevó hacia las duchas, donde le quitó la ropa interior que ella había utilizado para nadar y procedió a lavarle el pelo.

–Tu ropa –le dijo ella cuando terminaron de ducharse.

–Pareces mi mujer –bromeó Dante recogiéndola.

–Para bien o para mal, eso es exactamente lo que soy –contestó Taylor encogiéndose de hombros.

Una vez en su habitación, Dante le quitó a Taylor la toalla que cubría su cuerpo y, tal y como le había prometido, se encargó de todo, de llevarla a la cama, de lamerla, de besarla y de mordisquearla hasta que se aferró a él y gritó de placer.

Los domingos les gustaba hacer plan familiar y aquél Ben eligió ir al parque zoológico de Taronga.

Taylor se dio cuenta, mientras Dante conducía, de que la primavera lo invadía todo. Había flores blancas y rosas en todos los árboles y los jardines lucían cuajados de capullos de colores. La brisa jugaba con las hojas y el cielo estaba despejado.

–Me encanta ir al zoo –comentó Ben entusiasmado mientras Dante aparcaba el coche.

–No corras –le indicó Taylor desabrochándole el cinturón de seguridad y agarrándolo de la mano.

Dante cerró el coche y caminaron hacia la puerta, adquirieron las entradas y se colocó a Ben sobre los hombros.

–Cómo mola, desde aquí lo veo todo –gritó el pequeño.

El parque estaba lleno de gente, había grupos paseando por los caminos, mirando a los animales, sacando fotos de ellos y de las flores. Lo que más llamaba la atención de los turistas eran los canguros, los koalas y los wombats.

A Ben lo que más le gustaba eran los orangutanes, los elefantes, las jirafas y las cebras y con lo que más disfrutó fue con el espectáculo de pájaros. Comieron al aire libre y luego recorrieron el safari, disfrutando de la compañía de los demás.

Entre los demás visitantes, las mujeres miraban a Dante de vez en cuando disimuladamente. Aunque iba vestido de manera informal, lucía ese aire de hombre de negocios al que todo le va bien que tanta atracción despertaba.

Taylor lo sabía por experiencia. Las mujeres lo miraban y los hombres lo admiraban. Ella estaba casada con él, llevaba su alianza, compartía noches de pasión con él y lo amaba.

Había hecho todo lo posible para no enamorarse de él, pero no lo había conseguido. Dante había empleado todas sus armas y había conseguido apoderarse de su corazón.

Le demostraba afecto, pero Taylor no creía que la quisiera. Aunque, con un poco de suerte, todo llegaría.

La tarde estaba tocando a su fin y se había levantado un poco de viento frío cuando, mientras observaban a los orangutanes, Taylor vio a un hombre al que hubiera preferido no volver a ver en la vida.

De repente, sintió que le faltaba el aire. Habían pasado dos años, pero aquel rostro no se había borrado de su memoria. ¿Cómo se iba a olvidar de su agresor? Al instante, sintió que el miedo se apoderaba de ella.

Sobre todo cuando él la reconoció también y se quedó mirándola desafiante.

–¿Taylor?

Apenas oía la voz de Dante.

–¿Qué te pasa? –insistió él notando que había palidecido–. Te has quedado como si hubieras visto un fantasma.

Dante miró a su alrededor. En un primer momento, no le pareció que hubiera nada ni nadie que pudiera causar esa reacción en Taylor, pero, un segundo escrutinio más lento, le hizo fijarse en una persona.

–¿Es él?

–Chaqueta de punto marrón, pantalones azul marino –contestó Taylor.

–Quédate con Ben.

Taylor agarró a su sobrino de la mano. El niño la miró asustado y Taylor intentó disimular.

–Vamos ver a los canguros.

–¿Adónde va Dante? –quiso saber el pequeño.

–Ahora vuelve.

Efectivamente, al poco tiempo, Dante se reunió con ellos. Por su expresión, Taylor no pudo dilucidar nada. Dante la besó en la mejilla, tomó a Ben en brazos y se lo colocó a caballito.

Los domingos por la noche cenaban fuera de casa porque Anna tenía el día libre, así que se dirigieron a la bahía, eligieron un local animado y pidieron la comida.

Taylor esperó a haber vuelto a casa y a haber acostado a Ben para preguntar.

–¿Has hablado con él?

–Sí –contestó Dante tomándola de la mano mientras bajaban las escaleras.

A continuación, le contó concisamente que le había dejado claro al agresor que iba a ir a la policía para reabrir el caso de Taylor y que le había sacado una foto con su cámara digital para identificarlo.

Taylor sintió que el corazón se le acelerara.

–Me gusta cuidar de los míos –le dijo Dante besándola en los labios.

Taylor se sentía cuidada y a salvo, efectivamente. Y sabía que era gracias a Dante.

–Tienes que trabajar, ¿no? –le preguntó.

–Sí, y tú también, pero nos vemos dentro de un rato –contestó Dante.

Transcurridas un par de horas, fue a buscarla a su despacho y la encontró concentrada en su novela.

–Anda, apaga ya. Vámonos a dormir.

–Termino este párrafo y voy –contestó Taylor.

–Te doy cinco minutos. Si no estás en la habitación dentro de cinco minutos, vengo a buscarte.

Taylor tardó cuatro.

Entró en la habitación que compartía con su marido desnudándose a toda velocidad, lo que Dante ya estaba haciendo también. Una vez desnudos los dos, Dante la tomó en brazos y la llevó al baño, donde había preparado la bañera de hidromasaje.

–Qué gozada –murmuró Taylor.

Dante se metió con ella en brazos en la bañera y, una vez sentados, la colocó entre sus piernas. A continuación, comenzó a masajearle los hombros, haciendo que las tensiones se esfumaran.

Aquello era realmente relajante y a Taylor no le costó vaciar su mente de pensamientos, que era lo que Dante quería, que pudiera dormir plácidamente, sin miedos que le hicieran tener pesadillas.

Cuando había hablado con el agresor de su esposa, había tenido que hacer un gran esfuerzo para no pegarle un puñetazo, pero se había llevado la gran satisfacción de ver que el tipo se asustaba realmente cuando le había dicho que iba a reabrir el caso.

Taylor pensó que Dante tenía unas manos preciosas cuando, precisamente, aquellas manos comenzaron a acariciar su cuerpo, sus senos más concretamente.

Los dedos de Dante comenzaron a juguetear con sus pezones y no tardaron en deslizarse hasta su entrepierna. Dante se tomó su tiempo para excitarla y besarla.

Taylor sintió que todo su cuerpo se estremecía y el primer orgasmo se apoderó de ella. Dante la colocó a horcajadas sobre su cuerpo y la miró a los ojos mientras la penetraba, vio cómo se le dilataban las pupilas mientras otro orgasmo la sacudía, volvió a besarla y dejó que lo cabalgara.

Cuando terminaron, apagó la bañera de hidromasaje, secó a Taylor y la condujo a la cama, donde se tumbó a su lado y la abrazó durante toda la noche.

Capítulo 13

EL MIÉRCOLES por la mañana Taylor dejó a Ben en la guardería.

–Hoy vamos a pintar con los dedos –le dijo el niño muy contento–. Nos lo vamos a pasar fenomenal.

Tras cruzar el aparcamiento, entraron el vestíbulo, decorado en vivos colores, saludaron a una de las profesoras y Taylor lo acompañó hasta su clase.

–Hasta luego, cariño –le dijo abrazándolo–. Nos vemos esta tarde. Pásatelo bien.

–Tú también –sonrió Ben.

Taylor volvió a su coche. El cielo se estaban nublando y comenzó a llover. Tenía que ir al centro de la ciudad, a un lugar muy concreto. Cuando llegó, vio que todas las plazas de aparcamiento que había junto a la comisaría de policía estaban ocupadas, así que tuvo que dar varias vueltas a la manzana hasta que encontró un sitio vacío.

Afortunadamente, tenía tiempo de sobra. Cuando consiguió aparcar, se cubrió con un paraguas y entró en la comisaría. Las comisarías de policía eran lugares muy funcionales, algo sucios normalmente, y aquélla en cuestión, situada en uno de los peores barrios en la ciudad, necesitaba una buena mano de pintura.

Ya podía haber elegido otra comisaría.

Sin embargo, aquélla era perfecta, se ajustaba con precisión a la comisaría de policía que Taylor estaba buscando para su novela.

En el área de espera había algunos tipos de una guisa estupenda. Uno llevaba una barba muy poblada y tatuajes por todo el cuerpo. También había cuatro mujeres bastante jovencitas, pero que parecían prostitutas. Olían a alcohol y a humo de cigarrillos.

Taylor, que se había puesto unos vaqueros con una blusa y una cazadora normal y corriente y apenas se había maquillado para pasar desapercibida, esperó su turno. Cuando le llegó, le dijo al policía que estaba en el mostrador que tenía una cita y con quién, vio que no había sillas vacías para sentarse, así que se quedó de pie y siguió esperando.

Llevaba una grabadora en el bolso, un cuaderno, bolígrafos y una lista con varias preguntas para su investigación.

No le faltaba imaginación, en Internet había encontrado cosas muy interesantes y las películas de acción también eran una buena fuente, pero lo mejor era la experiencia directa, oír los teléfonos sonando al fondo, los armarios viejos que se abrían y se cerraban en busca de los documentos que había que rellenar, una voz femenina gritando y maldiciendo mientras un hombre con ganas de pelea estaba poniendo a prueba la paciencia del oficial que estaba de guardia.

«Esto sí que es auténtico», pensó Taylor desde su mente de escritora.

Unos minutos después, se abrió la puerta de la calle y entró un chaval de veinte años con cara de pocos amigos. Fue derecho al mostrador. Llevaba unos vaqueros caídos, cazadora de cuello, camiseta, zapatillas de deporte y un pañuelo atado a la cabeza.

A Taylor, no le dio ningún miedo su apariencia, pero la maldad que vio en sus ojos hizo que se le pusiera el vello de punta.

Por lo visto, el chico no tenía muchas ganas de esperar su turno, pero el agente que estaba atendiendo le hizo saber que más le valía esperar en la cola, así que se calló y esperó.

Entraron y salieron dos agentes más de la sala de espera mientras Taylor se entretenía mirando los carteles que había colgados por las paredes. Aquello era real, completamente real.

El chaval del pañuelo comenzó a dar golpecitos con un pie en el suelo. Era evidente que no podía parar quieto.

Lo que sucedió a continuación fue tan rápido... de repente, el chico se acercó a ella, la tomó por detrás y le puso un cuchillo en el cuello.

Taylor sintió que el mundo se paraba.

Ella, desde luego, se quedó muy quieta.

–Todo el mundo fuera. Inmediatamente –gritó el chico.

Todos los presentes se apresuraron a salir de la sala de espera. Taylor se preguntó si el agente que estaba en el mostrador habría apretado el botón de alarma. ¿Habría botón de alarma?

Taylor se quedó muy quieta, sin moverse. El agente que estaba en el mostrador tampoco se movía y comenzó a hablar con el agresor. Dos hombres uniformados entraron en aquel momento procedentes de las oficinas e intentaron convencer al chaval para que soltara a Taylor, pero lo único que consiguieron fue que se pusiera a gritar y que amenazara con matarla si un agente en cuestión no iba a inmediatamente.

Cuando le dijeron que ese agente no estaba de servicio aquel día, hundió la hoja del cuchillo en el cuello de Taylor, que sintió que la sangre le resbalaba por la piel.

–Que venga ahora mismo o la mato.

El agente le indicó al agresor que iba a llamar por teléfono al compañero que quería ver. Mientras marcaba los números, Taylor se dijo que debía pensar con calma, pero resultaba más fácil practicar series de defensa propia que verse en la realidad necesitada de ellas. Claro que era cierto que el elemento sorpresa estaba de su parte.

–Pon el altavoz –ordenó el agresor al policía–. Quiero oír su voz.

El agente conectó el altavoz del teléfono. Todos se quedaron escuchando los timbres de llamada y Taylor aprovechó la distracción para morder al chico en la mano con la que la tenía agarrada. Le dio un mordisco tan fuerte que sus dientes entraron en contacto con el hueso de su dedo pulgar. Al mismo tiempo, lanzó el codo con todas sus fuerzas hacia atrás y lo golpeó en las costillas, haciéndolo caer al suelo.

Dos oficiales corrieron y se abalanzaron sobre él, lo esposaron y se lo llevaron. Una mujer policía acompañó a Taylor a un despacho.

–Estoy bien –le aseguró Taylor mientras la mujer sacaba un botiquín de un armario.

–La voy a limpiar un poco para que su marido no la vea así –sonrió la policía.

¿Habían llamado a Dante? ¿Por qué?

–No es un corte demasiado profundo –protestó.

Pero, en aquel momento, se dio cuenta de que tenía sangre en las manos y en la camiseta. Mientras la policía la desinfectaba, Taylor apretó los dientes. Se estaba tomando una taza de té cuando apareció Dante muy calmado y fue hacia ella.

–No habría hecho falta que te hubieran avisado –dijo Taylor tragando saliva.

–No estoy de acuerdo –contestó Dante acariciándole la mejilla.

–Espero que no estuvieras en una reunión importante.

–No hay nada más importante en el mundo para mí que tú –le aseguró Dante.

Taylor lo miró sorprendida.

–¿No pensabas decirme que ibas a venir a una comisaría? –le preguntó Dante.

–Me habrías puesto trabas –contestó Taylor.

–Por supuesto.

Claro que habría puesto trabas. Habría insistido para que eligiera la comisaría de policía de un barrio mejor y habría hecho que alguien la acompañara.

–Estaba investigando y tenía una cita –le explicó Taylor–. Esto no tendría que haber sucedido.

–Pero ha sucedido. No has contestado a mi pregunta.

–No, no te lo había dicho –confesó Taylor–, pero tenía intención de contártelo esta noche.

Dante dejó caer su frente contra la de Taylor.

–¿No se te ha ocurrido pensar que he pasado los peores veinticinco minutos de mi vida? –se lamentó besándola–. Anda, vámonos.

–Pero tengo una cita, tengo que terminar mi investigación.

–No.

–Estoy bien, Dante.

–Quiero llevarte al médico para que te mire bien y, luego, nos vamos a casa.

–He venido en mi coche...

–Ya vendrá Claude a recogerlo –le aseguró Dante girándose hacia la mujer policía–. ¿Necesita a mi mujer para algo más?

–No, se puede ir.

–Gracias.

El Mercedes los estaba esperando. Dante lo había dejado aparcado de cualquier manera, pero, por supuesto, dadas las circunstancias, no le habían multado.

–No necesito ir al médico –insistió Taylor mientras Dante se ponía al volante.

–Vas a ir de todas maneras –insistió él poniendo el coche en marcha.

Así que Taylor fue a la consulta del médico, se sometió al examen, dejó que le pusiera unas cuantas inyecciones y que le dieran puntos.

Una hora después, llegaron a casa.

–Voy a cambiarme de ropa –anunció Taylor–. Puedo sola –añadió al ver que Dante subía las escaleras a su lado.

–Sí, pero te voy a ayudar.

Taylor lo miró de reojo. Una vez en la habitación, Dante le quitó la cazadora y la camiseta.

–Siéntate para que te pueda quitar las botas –le indicó.

Minutos después, le desabrochó el botón de los vaqueros, le bajó la cremallera y se los quitó. En ropa interior, se sentía más vulnerable que nunca.

–¿No vas a volver al despacho? –le preguntó cuando vio que Dante se desnudaba también.

–No –contestó Dante besándola.

–Dante...

–Déjame hacer, ¿de acuerdo?

Y Taylor le dejó hacer. Dante se mostró cuidadoso y tierno, tan tierno que Taylor sintió ganas de llorar. Al darse cuenta, Dante la tomó entre sus brazos y la abrazó con fuerza.

–¿Cómo demonios se te ha ocurrido reducir tú sola a un delincuente? –le preguntó sobrecogido.

¿Dante d'Alessandri sobrecogido por ella?

–No hacía caso al agente que estaba en el mostrador y, cuando se han acercado los otros dos, se ha enfurecido.

–¿Y por eso has arriesgado la vida?

–En el momento, no me ha parecido tan peligroso –contestó Taylor mirándolo a los ojos.

–*Cara*... oh, *cara*, ¿qué voy a hacer contigo?

–La próxima vez...

–No va a haber una próxima vez.

–... no iré sola –concluyó Taylor dándose cuenta de que había algo nuevo en la mirada de Dante.

No se lo podía creer.

Dante le había tomado el rostro entre las manos y la estaba besando. Le temblaban los dedos.

–No volveré a hacer una cosa así –le prometió Taylor.

Dante asintió.

–Y, a partir de ahora, te lo contaré todo.

–Así me gusta.

–Me voy a vestir.

–Espera –contestó Dante besándola con tremendo erotismo.

Taylor lo miró confusa.

–La idea de perderte me mata –confesó Dante.

Taylor abrió la boca, pero no pudo articular palabra.

–¿No te has dado cuenta? ¿Cómo es posible? Cada vez que hemos hecho el amor...

–Creía que eras muy bueno en la cama –consiguió contestar Taylor.

–Lo que ha habido entre nosotros en la cama no ha sido sólo sexo. Te deseaba, por supuesto, pero no sólo tu cuerpo sino también tu alma.

Y Taylor se lo había entregado todo generosamente, había confiado en él y ahora se veía recompensada.

–Taylor, mi amor, te quiero –le dijo Dante mirándola de tal manera que Taylor creyó que iba a derretirse.

En los ojos de Dante estaba viendo todo lo que quería, todo lo que siempre había anhelado y todo por lo que siempre había rezado.

Amor, amor de verdad, amor duradero, amor eterno.

Amor por ella.

Dante la tomó en brazos y la llevó hasta la cama, donde procedió a inspeccionar los cortes que tenía.

–Estoy bien –le aseguró Taylor–. Un poco sorprendida... por lo que me acabas de decir –confesó.

Dante procedió entonces a hacerle el amor con infinito cuidado, besándola con amor, acariciándole el cuerpo y haciendo que a Taylor se le saltaran las lágrimas.

–*Cara*... por favor, no llores.

–Es que... contigo siempre me pasa lo mismo... incluso antes.

Dante le acarició la mejilla.

–¿Antes?

–Cuando te conocí, en la pedida de Casey y de Leon, me pregunté cómo sería hacer el amor con un hombre como tú –admitió Taylor sinceramente–, pero vivíamos cada uno en una punta del mundo y, además, yo no tenía nada que ver con las mujeres con las que tú salías.

Dante le agarró una mano, se la llevó a los labios y le besó todos los dedos.

–Y, luego, el destino nos golpeó con dureza, les arrebató la vida a nuestros hermanos...

–Y, al mismo tiempo, nos unió a nosotros –concluyó Dante–. Ahora, tenemos amor y un futuro juntos.

–Y a Ben –añadió Taylor acordándose de repente de su sobrino–. Ben, tengo que ir a buscarlo –recordó.

–Ya voy yo –le dijo Dante–. Esta noche seguimos.

Una hora después, los dos hombres de su vida volvieron a casa y la encontraron sentada en el salón.

–¡Taylor! –exclamó el niño corriendo hacia ella–. ¿Estás bien? Dante me ha dicho que te habías hecho daño.

Taylor le aseguró que no había sido nada y lo abrazó.

–¿Qué tal te ha ido en la guardería? ¿Qué tal pintando? ¿Dónde está tu dibujo? Quiero colgarlo en mi despacho para verlo todos los días.

Aquello fue suficiente para distraerlo. Después de merendar, fueron a la piscina y Taylor se quedó mirando mientras Dante supervisaba la clase de natación de Ben.

Dante era un hombre increíble, fuerte, apasionado... y todo suyo.

Aquella misma noche le iba a decir cuánto lo amaba.

–Supongo que tendrás que trabajar un rato –le comentó después de cenar, tras haber acostado a Ben.

Pero Dante le puso un dedo sobre los labios.

–Te recuerdo que hemos dejado una cosa a medias.

–¿Ah, sí?

Qué bien sentaba poder bromear un poco estando segura de que el amor los unía, de que su matrimonio no era por conveniencia ni por las circunstancias.

Era por amor, por amor de verdad.

Dante la tomó de la mano y juntos se dirigieron a su habitación. Una vez allí, cerró la puerta y la abrazó.

–¿Dónde estábamos?

Qué gusto sentirse entre sus brazos, percibir el latido de su corazón, el calor de su cuerpo, la caricia de sus labios...

Sobre todo, ahora que sabía lo que Dante sentía por ella, lo que confería a su unión una dimensión completamente diferente.

–¿Tanto te cuesta decírmelo? –le preguntó Dante.

Taylor alzó la cabeza y lo miró a los ojos.

–No, no me cuesta en absoluto –contestó–. Te quiero, te adoro, eres mi vida, lo eres todo para mí.

–*Grazie*.

–*Prego* –contestó Taylor.

–*Per sempre* –sonrió Dante besándola de nuevo.

Taylor sintió que el corazón le estallaba de felicidad.

–Tengo la sensación de que sobran las palabras –le dijo.

–¿Tú crees? –se rió Dante.

Taylor lo besó con tanto ardor que a Dante no le quedó la más mínima duda de que así era.